恋愛後見人

エマ・ゴールドリック
富田美智子 訳

MY BROTHER'S KEEPER

by Emma Goldrick

Published by Harlequin Japan,

a Division of K.K. HarperCollins Japan, 2023

エマ・ゴールドリック

プエルトリコで生まれ育ち、軍人の夫と出会って結婚。4人の子供たちを育てたのちに、1980年に夫婦で小説の合作を始め、ふたりで執筆を続けた。世界各地で暮らした経験と、ロマンス小説について十分な研究を重ねたおかげで、彼らの作品はすぐに読者に受け入れられたという。

◆主要登場人物

ミシェル・デヴリン・バターワース……家事手伝い。
スー・エレン・スワンソン……………ミシェルの友人。大学生。
ジョージ・アームスティッド…………ミシェルの婚約者。自称小説家。
ヴェロニカ・アームスティッド………ジョージの従妹。
ハリー・バターワース…………………ミシェルの義兄。弁護士。
グレゴリー・バターワース……………ミシェルの義父。判事。
アン・パーカー…………………………看護師。

1

ハリーは静かに車を止めて、大きなベランダのある家の正面から横手へとまわった。暑い日だが、木陰には涼風が吹き、かえでの葉を鳴らす。木もれ日が若い女性の明るい赤毛にたわむれていた。

アディロンダック山地の夏の大気は、いかにもかぐわしい。階段に足をかけ、ハリーは女性の姿に気づいて立ち止まった。ミシェルは草原の端に横たわっている。その先は六十センチほど下って、入江を囲む砂地の岸辺になる。

ハリーはそっとバッグを下ろすと、足音を忍ばせてミシェルに近づいていった。ミシェルは腹ばいになり、両手であごを支えて、ミリスキク湖を見つめていた。

はき古したジーンズはおしりのあたりが白くなっているし、シャツも古い男物で、裾(すそ)を前で結んでいるから、日焼けしたおなかがのぞいている。片足で草を蹴(け)っているのは、心の中で音楽のリズムをとっているためらしい。

木の葉のそよぎや小鳥の羽音まで聞き取れるほど静かだ。そのせいで、ハリーが小枝を踏んだ音まで大きく聞こえる。ミシェルはぱっと上体を起こして彼のほうに向きなおった。

鼻のあたりにそばかすが浮いている。グレーの目は木陰の暗さにとまどったようだが、彼女はすぐさま優雅に立ち上がった。

「ハリー！」

喜びの声とともにハリーに飛びつくと、両腕を首にまわす。ハリーはミシェルを抱いて、ぐるぐると二度、まわった。

「ハリー、ハリー、ハリー！」

ハリーは笑いながら、ミシェルを下ろした。

「どうした、ミシェル？　まるで、男性を見るのは初めてって感じじゃないか！」

「そんな言い方はよして。必要な時にそばにいてくれないのでは、兄さんがいても何の役にも立たないじゃないの」

ハリーはまたミシェルを抱き上げ、鼻の頭にキスすると、ハスキーなバリトンで言った。

「ミシェル・デヴリン・バターワース、おまえ、ちっとも大きくなってないじゃないか」

体を離し、おてんばそうな顔や、お下げにした髪や、ほっそりとした体つきを見やる。

「大きくなったわよ」

ミシェルは百六十センチの体をそらし、胸いっぱいに息を吸いこんだ。

「ぼくが言ったのは背丈のことさ、胸まわりじゃないよ。ちゃんと息をしろったら、おちびさん。いつまでも息を詰めてると真っ青になっちまうぞ」

　ミシェルは息を吐き出した。

「兄さんの好みの女性のタイプくらい知ってるのよ、ハリー・バターワース。わたしはただ、いつまでも息を詰めていられないだけだわ」ハリーに抱き寄せられて、胸に顔を隠す。

「おやじはどう？」

「パパは――つまり、あなたのお父さまは――具合がよくないのよ、ハリー。わたしには何も言わないし、お医者さまもひと言も言わないけど、いつも疲れてるみたいだもの」

「また例のくせが出たな。ぼくがいない時はパパって呼んでるくせに、ぼくが現れたとたんに〝あなたのお父さま〟だ」

「あのね、ハリー、わたしの母があなたのお父さまと結婚した時、わたしはまるでクリスマス気分だったわ……あれからずっと罪悪感があるの、あなたからお父さまを盗んだようなな。だってわたし、何年も前から母に、家には男の人がいなくてはって言ってたのよ。そうしたら、わたしの八歳の誕生日に、ふたりも連れてくるんだもの。わたし、ひと目で、あなたたちふたりが大好きになってしまったみたい」

　ふたりは腕を組んで家に向かった。ミシェルはくすくす笑う。

「もちろん、あなたのお父さまのほうがはるかにハンサムで、意地悪なところなんかまるでないし、人をからかったりもしないから、あなたはうぬぼれちゃだめよ」

「絶対にうぬぼれやしないさ。おまえが後ろについていて、耳もとでささやきつづけなくてもね……でも、ぼくのおやじを盗んでるみたいな気持になることはない。そんなことを言えば、ぼくだっておまえのお母さんを盗んだんだもの……もう泣きはしないが、お母さんがいなくて寂しいよ」

「わたしもよ」

五年の歳月が、母を失った打撃を和らげていた。階段を上り、玄関に着いた時には、ふたりはまた笑顔に戻っていた。

「パパは眠ってるわ。毎日、午後になると一時間ほど眠るのよ。しばらく、ぶらんこに座って……それとも、兄さん、飲み物か何かいる？」

「何もいらない。途中でミラーズ・ギャップ村に寄ってきたから」

ハリーは笑いながら、ミシェルをクッションつきのぶらんこに座らせる。ミシェルも隣に座ったハリーに笑いかけた。

「お気に入りの兄さん」

「ほめ言葉にはならないぞ。おまえの兄貴はひとりっきりじゃないか！」

「それで、なぜ帰ってきたの、ミスター・バターワース？　つまり、なぜ、いまの時期に？」

「誓ってもいいよ、ミシェル、おまえの呼ぶ声が聞こえたんだ――ハリー、家に帰ってきてって。そよ風がボストンまで運んできたのさ。おまえ、ぼくを呼んだだろう？」あまりにも真相に近すぎて、ミシェルとしてはとても認めるわけにはいかなかった。うろたえて、口ごもってしまう。ハリーはこぶしでミシェルのあごを上げた。

「おい、困らせるつもりで言ったんじゃないぞ、マイク」

「マイクなんて呼ばないで。わたしはもう大人の女性なんですからね――来月には二十一歳よ」

「そうなるか」ミシェルの頬をなでる。「二十一歳ね。初めて会った時には、まだ八つだったのに」

「時のたつのは早いものだなんて言わないで。兄さんこそ、最高にいやらしい十六歳の男の子だったわよ……なぜ、いま、家に帰ってきたの、ハリー？」

濃い茶色の目で、ミシェルの顔をさぐるように見ながら、ハリーはふさわしい言葉を探しているようだった。そのあげく、にやりと笑う。

「そう、おまえの心からの願いがかなったわけさ、ミッキー」

「そんなふうにも呼ばれたくないわ。わたしの名前はミシェルよ」

「話の腰を折るなよ、ミッキー。帰ってきたのは失恋の痛みをいやすためなんだ。おまえ、昔から、ぼくは失恋するって言ってただろう？　いま、それが起きたのさ――たたきつぶされたって感じだよ」

「兄さんのいやな点は、いやらしい芝居をすることよ。そんな演技は……本当なの、ハリー？」ミシェルの顔を〝誰にも兄にそんなまねをさせるものですか〟と言わんばかりの表情がよぎる。「わたしをかつぐつもりね、ハリー！」

「とんでもない。その女性とは結婚の約束までしたんだぞ。そのあとで、彼女はもっと金のある相手を見つけたってわけさ。おいおい……」

ミシェルはハリーの首に両腕をまわしていた。「そんなことで参っちゃいけないわ」だが、ハリーの目に涙のかけらもないことに気づく。「何て人なの、ハリー、またやったのね！　いつになったら、人をからかうのをやめるつもり？」

「暴力はよせ」ハリーはにやにや笑いながら哀願する。「かわいそうな、ロマンティックなミッキー。そのくせは一生直らないな、そう思うだろう？」

「兄さんがいなくてすごく寂しい思いをしていなかったら、ぶっていたところだわ。誰なの、その雌犬は？　わたしが目をえぐってやるわ！」

「完璧なかわいいレディはどうなったんだい？　ぼくのかわいいミシェルは、そんな言葉は使わなかったぞ！」

「使うわよ。こんなものじゃないわ。わたしがずっと家にいて、あなたのお父さまの世話をしてるからって、必ずしも……」

「必ずしも、何だね？」

背後から、もう一つのよく響く声が聞こえ、引き戸が開いた。父子の声はとてもよく似ている。ミシェルはぱっと立ち上がると、うれしそうに言った。

「ハリーが帰ってきたのよ、パパ！」

「わかってるさ。おまえがそんなにむきになって言い争う相手がほかにいるかい？　おかえり、ハリー」

父親と息子が抱き合うのを、ミシェルは手を後ろに組んで見守った。かつてはグレゴリーのほうが長身で肩幅も広く人目を引いたのに、いまは逆だ。ミシェルは自分を責める──パパとずっといっしょにいながら、気がつかなかったなんて！

パパ・グレゴリーはやつれ、髪も薄くなり、肩の肉まで落ちている。背中も曲がり、顔にもしわが刻まれて……。父親はミシェルも抱き寄せ、三人は抱擁で一つになった。

「僕のちっちゃな妹は、もうちっちゃくないって言うんだよ」

「知ってるよ、だからおまえを呼んだのさ。ボストンの法曹界はどんなふうだ、ハリー？」

「うん、ぼくはいま、興味深い……」

「まあ、弁護士同士の話し合いが始まるなら、わたしはお夕食の支度にかかったほうがよさそう」

「横暴なちびめ」グレゴリーがつぶやき、ハリーは父親の肩を抱くようにして書斎に向かった。

「法律相談てところさ」ハリーが肩ごしに言う。

「わかってるわ。でも、お酒のキャビネットは食堂に移したのよ」

ハリーは例の悪魔の表情をしてみせた。眉を上げ、目はなかば閉ざし、唇をきゅっと結ぶ。ミシェルはぺろりと舌を出してから、台所に逃げこんだ。

くるりくるりと二回まわって、今日の午後、人生ははるかにすてきに思えるわねと心の中でつぶやく。でも、ハリーが帰ってきたのに、ツナサラダってわけにはいかないわ！

鼻歌を歌いながら冷凍庫をのぞき、ステーキ肉二枚を取り出し、電子レンジに入れる。でも、なぜわざわざこんな時期に、ハリーが帰ってきたのだろうか？

答えはすでに二つ出ている。父親が呼んだから、あるいは失恋のせい――でも、ハリーが失恋するなんて考えられない。ハンサムとは言えないけれど、世界一セクシーな男性だもの。

二十九歳、弁護士、身長百八十二センチ。豊かな茶色の髪、濃い眉、茶色の目。耳たぶがひどく小さいのは、ママに言わせると〝悪魔の申し子〟の特徴だとか。

ミシェルはくすくす笑い、踊りながらにんじんの皮をむき、サラダをつくった。時計をちらちら見るのは、パパ・グレゴリーが糖尿病で、インシュリンと運動と定時の食事を欠かせないせいだ。一日、軽食四回。つぎの食事時間は午後六時である。

下ごしらえがすむと二階の自分の部屋にかけ上がった。はき古したジーンズと男物のシャツを脱ぎ、父子の話し声がつづいているのをたしかめておいて、階下のホールからバスルームに入って静かにドアを閉める。下着を脱ぎ、シャワーを浴びて、憂鬱な思いの最後のかけらまで洗い流した。

結局、昨日の夜、ジョージが来られなかったからって、たいしたことないじゃない？　たしかに世界一すばらしい男性だから、とうとう婚約できてうれしいけれど……ハリーが帰ってきたんですもの。

何といってもエスコートは兄さんがいちばん！　あとはささやかな企みが必要なだけ。わたしはいつだって兄さんの力になろうとしているのに、兄さんは人のことを陰謀家呼ばわりして――わたしの企みが必ずしもうまく運ばないからって、そんなの、わたしのせいじゃないわ！

急がなくちゃ！　ミシェルはドアのすき間からホールに誰もいないことをたしかめて、バスルームを飛び出し、バスタオルを巻いただけの姿で自分の部屋にかけこんだ。

おとなしいデザインのハイネックのドレスを選ぶ。明るい色のコットンのドレスは体の線をきれいに見せる。ミシェルはうめいた。

「見せるだけの体の線があれば、だけれど」

友だちのヘレンの説では、ミシェルの胸は印象的とまでは言えないにしても小さすぎるわけではなくて、ポーズしだいではかなりの線までいけるとのこと——十六歳の時、その忠告を聞いて、丸一年ポーズを研究したものだ。

でも、一つだけ自慢できるものがある。三つ編みをほどくと背中に広がる美しい赤毛だ。ミシェルは化粧机に向かい、儀式となった百回ブラッシングにかかった。

ゆっくりとブラシを使うたびに、髪に深いつやが出てくる。そのあと、鼻歌を歌いながら新しい下着を着た。ハリー兄さんが帰ってきたのよ！　ドレスを頭からかぶり、ジッパーを閉め、鏡の前で二度体を回転させる。

台所仕事があるのだから、髪を垂らしたままにしてはおけない。手早く編んでコロネットにまとめると、もう階下に下りる時間だった。ミシェルは十歳の少女のようにスキップしながら、ホールを横切った。

書斎の話し声はまだつづいていた。ハリーは去年のクリスマスにたった二日間帰ってきて以来だから、父親との間に話がたまっているのも当然だった。

六時十分前にステーキを火にかけ、テーブルの用意にかかる。開いたドアの前で立ち止まった時、書斎の話し声が耳に入り、ミシェルはそのまま動けなくなった。

「すべては手配ずみだよ、ミッキーを別にして」パパ・グレゴリーがゆったりと話している。「どうしていいかわからないんだ。金は充分に残してやれるが……それだけじゃミッキーには足りない」

「ミッキーのことなら心配いらないよ」ハリーが父親に請け合った。「ぼくが面倒を見る」

「それじゃもう何も心配することはないな、ハリー。孫の顔を見たいものだが——わたしの年になると、家系が続いていくという保証がほしいんだよ」

「そうせきたてないで、父さん。必ずそうなるから安心して。次男にはグレゴリーって名前をつけるつもりだし」

「次男？　それじゃ長男は？」

まあ大変、お肉が焦げてるじゃないの！　準備は完璧だったのに、夕食は十五分遅れてしまった。ミシェルはステーキの一枚をハリーの皿に、もう一枚は二つに切って父と自分の皿に盛りつけた。

「ごめんなさい、パパ。わたし、興奮すると、こつを忘れてしまうらしいの」

「上出来じゃないか」グレゴリーがほめる。「おまえが帰ってきてくれてうれしいよ、ハリー。この四週間というもの、わたしは兎の餌以外食べさせてもらえなかったんだから」

「そんなの、フェアじゃないわ」

「そうだな、すべてはあの間抜けな医者の指示なんだから、おまえに八つ当たりしてはいかんな——ずっとわたしのわがままをがまんしてくれているんだし。この五年間、大学に進んで若者たちと過ごしているはずのところを、家事を見てくれているんだからね」

「大学に行くなんて、そんなこと……」

「なぜ行かない?」初めてハリーはミシェルを見つめた。「なぜだ?」

「だって……」ミシェルは唇を噛んだ。母に約束したからだとは、いまはまだ言えない。

「だって、だけか」ハリーが声をあげて笑った。「そのせりふ、ぼくは何度聞かされたかな?」

「パパ、ゼリーもつくったのよ——パパも食べられるゼリーなの」

ミシェルは話題を変えようとしたが、ハリーをごまかすことなどできなかった。

「ちっちゃな陰謀家だからな、おまえは——ぼくの人生をみじめなものにしておいて」

「そんなことした覚えはないわよ、ハリー・バターワース!」

「ぼくが腕を折った時のこと、覚えてますか、父さん?」

「うっすらとね——何か隠された秘密でもあったのかい?」

「いいですか、ちっちゃなミッキーはどうしてもぶどうが食べたくなったんです……」

ミスター・アンセルムのぶどうが実り、ハリーはミシェルにせがまれて、夜いっしょに盗みに入った。ミシェルが下枝のぶどうは気に入らなくて、てっぺんのでなくてはいやだと泣きそうになるものだから、ハリーはとうとうてっぺんまで登った。

足を滑らせそうになるとミシェルが悲鳴をあげ、その声に驚いてハリーは墜落し、腕を折った。その隣でミシェルは泣きわめき、ミスター・アンセルムが出てきてしまった。

小さな娘を怖がらせるとはとハリーはしかられ、ミシェルはてっぺんのぶどうの房をもらってやっと泣きやんだ。

「……そんなことが何年も何年もつづいたんだぞ。いつもぼくが悪者になり、かわいそうなミッキーは慰めてもらってばかり」

「わたしがとても小さかったころの話じゃないの。それに、兄さんは何も知らないのね」

「それじゃ、まだつづきがあるんだな」バターワース元判事はじっとミシェルの目に見入った。

「ええ、あるわ」ため息とともにミシェルが話を引き継いだ。「わたしはぶどうを持って先に走って帰って、ママに話したのよ……」

ハリーが帰ってくると、ミセス・バターワースは有無を言わせず、車でハリーを病院に連れていった。ミシェルはついていくことも許されず、自分の部屋にいるようにと命令された。母が帰宅すると、生まれて初めてミシェルはおしりをぶたれた。

「兄さんが密告したからよ。そんなことをする人だとは夢にも思わなかったわ、ハリー・バターワース！」

父子はびっくり仰天してまじまじとミシェルを見つめた。ようやくグレゴリーが口を開いた。

「信じられんな。エミリーは絶対に人に手を上げたりしなかった――男性にも、女性にも、子供にも」

「わたしには何度か上げたわ。そのあと三日も座れないくらいに。いつも兄さんのせいだったのよ」

「ああ、それならわかる」

ハリーは重々しく答えたけれど、茶色の目には笑いがにじんでいた。ミシェルは一瞬、本当にハリーが憎らしくなり、反射的に立ち上がると空になった皿を集めて台所に運んだ。流しの前に立っていると、ハリーが歩み寄ってきた。

「おい、前はそんなにぷりぷりしなかったじゃないか」

ハリーは肩を抱いて慰めようとする。ミシェルはその腕を振り払って、横に逃げた。

「ぷりぷりなんかしてないわ。ただ……腹が立っただけよ。だから、もう出ていって、ちっちゃな娘に得意な仕事をさせてちょうだい」

「キスのことかい?」

ハリーのからかいに、ミシェルはとげとげしく切り返した。「皿洗いのことよ。兄さんが楽しんでいる間も、わたしは雑用をしてたんですからね。ママは兄さんに台所を手伝いなさいなんて、一度も言ったことなかったでしょ?」

「なかったね」

「つまり、そういうことよ――ミシェル、お皿を片づけなさい。ミシェル、そんなに騒いじゃだめ、男の人たちはお仕事なのよ。ほんと、男の子だったらよかったと何度願ったことか！」

「願いがかなわなくて本当によかった」

おちつかなくなるくらい近々とハリーが寄り添い、ミシェルはぶるっと震えた。何をするつもりなの？　だが、まったく思いがけない言葉がつづいた。

「約束のゼリーはどうなった？」

「男の人っていやね。いつだって自分の胃袋のことしか考えないんだから！」

「おやじのより自分の胃袋のほうを考えてたわけじゃないよ」

「まあ！　うっかりしてたわ」

ミシェルはあわてて冷凍庫を開け、デコレーションつきのゼリーのグラスを取り出した。

「一つきり？」

「一つきりよ。何も意地悪をしてるんじゃなくて、兄さんが帰ってくるのを知らなかっただけ。アイスクリームでも……今朝つくったチョコレート・チップ・クッキーでもどうぞ」

「ぼくが持とう」

ハリーはゼリーを受け取り、冷凍庫からアイスクリームを取り出すミシェルを見守った。彼はやはりいやにミシェルの近くに寄って、おまけに髪を留めたピンを抜いて三つ編みの房を垂らしてしまった。

「あの……よしてちょうだい」

この土地にだって女性の体にやたらと触りたがる男はいるけれど、あなたは兄さんじゃないの。ミシェルはアイスクリームを皿に盛って手渡し、ハリーの両手がふさがって初めてほっとした。彼女はコーヒーポットとカップ三つを手に食堂に戻った。

「それがほしかったんだ」グレゴリーがコーヒーに手を伸ばす。

「一杯だけよ、いくらカフェイン抜きのコーヒーでも。それに、今夜は寝る前にパパの血糖値を測りますからね」

話題はまた法律の世界に戻った。ミシェルはテーブルを片づけ、残りの皿を洗った。二十分後も、父子はまだ法律の話をつづけていた。

この家のならわしとでも言うのだろうか。男性は食卓に残ってたばこをのみながらおしゃべりを楽しみ、女性は台所に下がって一日の仕事のけりをつける。だが、今夜はたばこも抜きだった。

六月の終わりでも山の夜風は冷たい。ミシェルはショールをはおってベランダに出ると、いつものようにぶらんこに座った。ベルンハルト山の上に月が昇り、静かな湖面に銀の帯を描く。

水鳥の羽音が聞こえた。入江の向こう二キロ足らずのところにミラーズ・ギャップ村の明かりが見える。小さな村だが、この地区の生活の中心地と言っていい。

一八九〇年には、このあたりは人の住まない森林地帯だった。やがて億万長者が広いベランダを持つ大きな家を建てるようになり、リゾート地となって小さな村ができた。

大通りは一本だが生活必需品の店はそろい、湖岸近くの木造のパビリオンがリゾートの社交生活の中心となっている。今日もダンスパーティーが開かれているはずで、湖を越えて音楽が聞こえてくる。

「やっぱり、ここにいたんだね」

ミシェルはうなずき、わきに寄って、隣のクッションをたたいた。ハリーが腰を下ろすと、ぶらんこがきしんだ。

「体重はどれくらい？」

「八十二キロってところかな」

「相変わらずハンドボールをやってるの？」

「いまはラケットボール。腕の筋肉に触らせてやろうか？」

「ばかなこと言わないで、そんな年齢はとっくに過ぎたわ。ボストンの女の人のこと、話してちょうだい」

「また、おせっかいやきのちびさんかい？　それとも、妹として心配か？」

「どっちも少しずつってところ。話して」

「そうだな、彼女は背が高く、体つきも……とてもいい。ブロンドで、歯並びがよく、脚もみごとなものさ……」

「まるで雌馬をほめてるみたいじゃないの、ハリー。どんなタイプのかた？」

「説明しにくいな、とくにおまえみたいな女の子には。上流社会とでも言うしかあるまい。パーティーとオペラと〝一流の仕事〟が好きだ。望みはリッチな暮らし、ヨット、ヨーロッパ旅行。そういうわけで、ぼくと結婚するのはやめちまった。どう思う？」

「ひどいと思うわ。とても愛していたの？」

「そうでもなかったと思うよ」ハリーはくすくす笑った。「結婚熱が流行してて、ぼくも感染したらしいんだな。それで彼女を六カ月口説いたあげくプロポーズしたら、彼女も承諾した。ぼくは家に帰ると考えこみ、彼女は一カ月して気が変わったのさ」

「それで、兄さんの結論はどうだったの？」

「大ばかだったって結論さ」ハリーは声をあげて笑った。「とっくに全世界は手の中にあるんだから、いまさら社交界の女なんかに本当は用もなかったくせに……」

ミシェルはハリーに体を寄せ、慰めるように肩を軽くたたいた。ハリーの大きな手がミシェルの手を包みこむ。

「まちがってたよ、ミッキー。きみはすっかり大人になった――あらゆる意味でね」

「あの……夏の間、こちらにいられるの？」

「そのつもりだけど。なぜだい？」

「あのね、たくさん若い女性が来ることになってるから、兄さんに引き合わせてあげられると思って。わたしね……」

「おいおい、おまえのAクラスの企みは、まっぴらごめんだぞ。会いたい娘がいれば、おまえの手なんか借りなくても、自力で会えるとも。おまえがぼくのために〝よかれと思って〟何か企みさえしなければ、すばらしい夏になるはずなんだから、ミス・ミシェル・デヴリン・バターワース」

「そんなこと言うなんてひどいわ。兄さんにはわたしの手助けがいるのよ。わたしがボストンにいたら、兄さんのブロンドのレディなんか軽く言うことを聞かせられたわ！　本当にわたしの助けがいるんだってば、兄さんには！」

「たとえば頭をピストルでぶち抜いてもらうとか？　ぼくは散歩に行くが、つき合わないか？」

「行けないの。パパの血液を調べる時間だから」

「おやじ、自分じゃできないのか？」

「できるわよ——最初のところ以外は全部。テストのためには試験紙に血を一滴垂らさなきゃならないんだけど、あのすてきなパパが、小さな針を指に刺す勇気だけはないんだもの」

「おやおや！」ハリーは笑ったが、すぐさま真剣な表情に戻った。「ミッキー、おやじの世話を一生けんめいに見てくれて、ぼくがどんなに感謝しているか……きみは大きな犠牲を払って、おやじを幸福にしてくれている」

ハリーは階段のいちばん上の段に立って手を差しのべた。ミシェルも優雅に立って、その手を取った——わたしのほうが一段上に立っているのに、まだ兄さんのほうが背が高いわ……。

仰向いたミシェルの唇に、ハリーの唇が優しく触れた。こんなふうにキスするのは初めてだ。ミシェルはぐったりと柱にもたれ、きびきびと水辺に下りていく兄の姿を見送っていた。

「ミッキー？」パパ・グレゴリーが家の中から声をかけた。

ミシェルは肩をすくめ、ショールを拾い上げると、家の中に入った。すでに血糖値を測る準備は、すべて整えてあった。

「自分でやろうと思ったんだが、どうにもその気になれなくてね……おまえ、何を考えているんだい？」

ミシェルはアルコールをしみこませた綿で自分の手をふき、パパ・グレゴリーの人差し指を消毒すると、短く細いブルーの針のキャップを取って、無意識にそっと舌先を噛んだ。

「覚悟はいい？」

「覚悟なんか絶対にできんさ。おまえ、何を考えていた？」

「ハリーと話していたの。ハリーにはわたしの助けがいるわ」

「それで?」

「いつものことだけど、兄さんにはまだわかってないの。でも、わたしは助けてあげるつもりよ」

針をパパ・グレゴリーの指に刺す。彼は悲鳴をあげた。ミシェルは急いで血を試験紙に取りながら、心配そうにたずねた。

「痛かった?」

「全然。ハリーがおまえの助けをありがたく思ってくれるといいね」

「まあ、そうは思わないでしょうね。何年も何年もたってからなら、感謝するかもしれないけれど。でも、とにかく、助けてあげるつもりよ」

ミシェルは綿でパパ・グレゴリーの指を押さえ、電池で動く血糖値測定器に試験紙をかけた。テストがすむと、すぐ自分の部屋に上がり、ベッドに入った。疲れていたからではなくて、考える必要があったから――企みはただ頭に浮かぶものではない。じっくりと考えをめぐらさなければ。

ハリーは十一時に帰ってきて、台所で父親と二言三言、言葉を交わしていた。数分後、シャワーの音が聞こえた。

「兄さんを助けてあげなくては、たとえ兄さんがいやがったって――兄さんの奥さんはわたしが見つけてあげなくては。本当よ」

ミシェルは寝返りを打った。神経が立って寝つけない。やっと眠りと目覚めの中間地帯に入りこんだ時、ミシェルは夢を見た。十四歳の時から見るようになった夢が、今夜もまた現れる。

窓のカーテンを風が吹き上げ、何かが部屋に滑りこんできて、そっとささやく感じがした——来たよ、ミッキー。

ミシェルは体がぞくぞくした。その何かはベッドにやってきて、すぐ横のマットレスが沈んだかと思うと、ミシェルのナイトガウンのストラップをはずして裸にしてしまう。

両手がじらすようにゆっくりと、ミシェルの頬から首筋をなぞり、胸を包む。全身が麻痺してしまったように、ミシェルは身じろぎもできない。手はなおも下へと滑っておなかを過ぎ……。

重さがのしかかってくる。つづいて唇が、頬から唇へ、そして幻の手の愛撫の跡をたどって薔薇色の胸の先端をふくむ。ミシェルはうめき、懇願した——何を願うのかミシェル自身にもわからなかったが。

その時、両手が自由になった。ミシェルは男の髪に指をからませ、がまんできなくなって男の顔を上げさせて見つめた——顔はない！

その瞬間に、いつも夢は消え、ミシェルは目覚める。男の姿はなく、風がカーテンを揺らしているだけだった。

男は誰だろう？　高校生の時、がっしりしたフットボールの選手だと思ったことがある。だが、彼のおんぼろ車の後部座席で過ごした短い間に、まちがいだったとわかった。

三カ月前、ジョージに初めて口説かれた時、ミシェルは彼が夢の中の男だと思った。だからこそ、結婚を承諾したとも言えなくはない。早く結婚したほうがいいわ――このクレイジーな夢をくり返し見ながら結末がわからないままでいると、わたし、きっと死んでしまうもの！

2

経験を積んだ陰謀家は事を急がないものだ。そしてミシェルは経験豊富だし、ハリーもありきたりの餌（えさ）にあっさりと食いつくたちではない。そうなると、興味ある餌をいくつか選んで、成り行きを見守ることになるわね。

楽しい思いを胸に、ミシェルは早々と着替えをした。シンプルなサンドレスに、ブラッシングしてつやの出た赤毛をポニーテールにまとめる。いつもは靴ひもで結ぶのだが、今日はリボンだ。

「大切なビジネスにはよそいきでなくちゃ！」

鏡に向かってくすくす笑い、階下に下りて、六時半には朝食の支度にかかった。ベーコンエッグ、濃いブラックコーヒー、トースト、オレンジジュース。念のためポークソーセージの用意もしておいて、と。

すべて砂糖の入っていないものを選ばなければならないから、いちいち内容表示を読む必要があって、買い物には手間取った。そして慎重に量をはかり、見栄えもよくしてパパに出さなくてはならない——食事制限とインシュリンと適度の運動が、パパの生命を保証するのだから。

ソーセージをいためていると背後に足音が聞こえ、たくましい腕が腰を抱いて、耳もとでハリーの声がささやいた。

「腹がへったよ」

「五分でできるわ」ろっ骨のすぐ下をくすぐる指からミシェルは身もだえして逃れた。

「よしてったら、ハリー。朝食を台なしにしたいの？」

「朝食より料理人のほうが大事さ。美女は卵より先に抱いてあげなくちゃいけないんだよ」

「よしてったら、お願い。わたしは美女じゃないし、卵は抱くんじゃなくて温めるんだし、それにわたしはあなたの妹でガールフレンドじゃないんですからね」

「三つのうち二つはまちがってないぞ」ハリーはミシェルを自分のほうに向きなおらせた。

「きみは美しいし、ぼくの義理の妹だもの。あと一つはわからないが——何しろ卵を温めたことはないのでね」

「だって、わたしは妹よ」

「妹と義理の妹は大違いさ。味はどうかな」ハリーはソーセージに手を伸ばした。「あっっ。指先をやけどしちゃったよ！」

「どの指?」

ハリーは人差し指を差し出した。

「やけど薬を切らしてるのよ……ああ、そうね」ミシェルはハリーの人差し指をくわえた。

「いつもと違うな。お母さんはキスして治したんじゃなかった?」

「何も知らないくせに。ママはこうしてたのよ、しかも効いたわ。どう?」

「きみの言うとおりさ、信じるよ。で、つぎは?」

「冷蔵庫からバターを出して……それじゃなくて、塩の入っていないホワイトバターのほう。それをちょっぴりやけどにつけるの。それから、わたしの言うとおりにくり返して」

「何をくり返すんだ?」

「ばかなことをしました、もう二度とやりません、て」

「誓うよ――腹がへってるから、いまはこれだけ。食べられる?」

「テーブルについて……そこじゃなくて。そこはパパの席なの」

「きみが毎日給仕するの?」

「もちろんよ。わたしの仕事だもの、パパの身のまわりのことを取りしきるのは」

「おやじはついてるな」

「ふざけてないでお食べなさい、ハリー。喉に詰まらせればいいんだわ――これは嘘。たったひとりの兄さんだもの、愛してるわ!」

ミシェルはハリーが食事をするのを見守った。ハリーはのんびり食べ終わると、ナプキンで口もとをふいて、満足そうにためいきをもらした。

「きみ、男性といっしょには食べないのかい？」

「もちろん食べるわよ。パパが下りてくるのを待ってるだけ」

ハリーにくるりと背を向けたものの、おちつかない。義理の妹ですって。いままで、そんな言葉を使ったことなど一度もなかったのに。

胸が痛み、ミシェルは涙をこらえた。憂鬱(ゆううつ)な気分で窓辺に歩み寄る。湖は波立ち、沖にカヌーが一艘(そう)出ているが、乗っているカップルは思うように動かせないらしい。

「うまいコーヒーだったよ」ハリーが椅子を引いて立ち上がり、歩み寄る足音が聞こえた。

「きみをうろたえさせるつもりなんかなかったのに。ミッキー、機嫌を直せよ」

「うろたえてなんかいないわ」ミシェルはぱっと向きなおった。頬にひと粒、涙が光っていた。

「それでかい？　きれいな顔に戻すには、ぼくはどうすればいいのかな？」

「ずいぶんかかるわよ」企(たくら)みのいとぐちが見つかったわ。「いっしょに買い物に行ってちょうだい。いろんなものが切れてるの」

「買い物？」ハリーは用心深くきき返した。「グラバーズビルまでかい？」

「ばかね、ミラーズ・ギャップ村でいいの。必要なのは野菜で、服じゃないんだもの」

「ぼくはたいして役に立たないぞ。野菜のことなんかまるで知らないもの」

「兄さんの知恵を借りたいとは言ってないでしょう？　野菜は重たいから、兄さんの腕力を当てにしてるの。パパの食事がすんだらすぐよ」

「どう思う？」ハリーは、台所に入ってきた父親に話しかけた。「弁護士の資格を取るためにぼくは何年も勉強してきたのに、ミッキーはぼくの腕力にしか用がないんだってさ」

「しかたがあるまい。ふたりのけんかは二階のわたしの部屋まで聞こえてきたぞ。でも、おまえたちはいつもそうだな。口げんかばかり。まるで昔に返ったみたいだ」

「朝食の支度はできてます、パパ。昨日の夜の血糖値が低かったから、今朝はソーセージをあげるわ」

「すごい。丸ごと一本くれるのか？」グレゴリーは笑いながら肩ごしに息子を振り返った。「この子は冷酷にも半分しかくれない時もあるんだぞ。テーブルの上にはほかに何もない。皿の上にしか食べ物は置いてなくて、〝お代わり〟って言葉の意味もわからないときてる……」

「パパ！　お医者さまに何て言われたか、知ってるはずよ」

「知ってるさ。でも、わかるだろう、ミッキー。ドクターは幸せに長生きをと言ったが、食べ物がこれじゃあね……まあいい、ふたりとも、今日の予定はあるのかい？」

「魚つりに行くつもりでいたんだけど」ハリーが答える。「どういうわけか、買い物につき合わされる羽目になっちまったよ」

「時代に遅れてるぞ、ハリー。湖は死んだ。この一年、魚は一匹もつれん。酸性雨のせいだと言うんだがね。それに、おまえの妹は少々元気づけてやらんといかん。何しろ弱虫で……」

「パパったら！」

「わかった、わかった、降参だよ。この話題は二度と持ち出さん」

「もしそんなことしたら、夕食には雑草を出しますからね」

「そのほうがうまいかも……」ハリーがからかい、ミシェルの右のパンチをよける。

「よしなさい。うちのミッキーはすごい料理人になったんだよ。この子には頭があるからね、ハリー」

「でも、時々バッグから出し忘れたりするけどね……」

「まあ、兄さんたら……よくも……」

父子は声を合わせて笑った。いつもこうなってしまう。兄にからかわれると、かっとなって頭が働かなくなってしまうのだ。悔しさのあまり、ミシェルは足音も荒く自分の部屋に上がった。

おちつくのに五分かかった。今朝、台所で、いままでにないことが起きたが、それが何なのかはっきりしない。ハリーは相変わらずよく気がつくし、わたしをからかってばかりいるけれど、それ以上の何かがあるみたいで……。

ミシェルはたんすに歩み寄り、二番目の引き出しに隠しておいた小さな宝石箱に、しぶしぶ手を伸ばした。この二週間あまり、どうして気が重いのか、それもまた問題だった。ジョージ・アームスティッドはまちがいなく、わたしの世界ではベストの相手なのに。でも、わたしの世界は狭いし、結婚相手の数が多くないこともたしかで……。

婚約指輪は白っぽい金で、目につかないほど小さなダイヤモンドがついていた。いままでは石の小さいことなんか気にならなかったのに――何といっても、ジョージはまだ自立していないのだから。

父親の残してくれた狩猟小屋を手放し、画家になることをあきらめ、小説もまだ書き上がるまでには時間がかかりそうだ。でも、きっと完成するわ。わたしがジョージを信じてあげなくては。

ジョージが求めるのは信頼だけではないということは、いまは考えないようにしよう。何といっても、ふたりとも年ごろなんだし、長い婚約にはつきものの問題だから。

きみが二十一歳になるまでだぞ――ジョージの口ぐせだ。約束というより脅迫するような口調になる。かわいそうなジョージ。わたしが婚約指輪を外に出る時しかつけないのも、ジョージには納得できないことなのだ。パパのことを何度も説明し、興奮させたくないからだと言っても、ジョージはわかろうともしない……。

「おうい、出かけないのか?」ハリーが階段の下からどなる。

やっぱり何一つ変わってやしないじゃないの。ミシェルは一、二度微笑を浮かべる練習をしてから、バッグと小切手帳を手に、急いで階下に下りた。

「まだ怒ってるのか?」

外に出るとハリーはマーキュリー・モナークのドアを開けた。ミシェルはクッションのきいた座席に体を沈め、満足のため息をついた。

「ばかね、怒ってやしないわ。いい車じゃない? 弁護士ってもうかるのね。マフィアの弁護士になったの?」

「それほどついてはいないさ。何千枚って会社の書類をかき分けかき分け、ご託宣を垂れるんだよ――所得税とか、有利な証券について」

「すごく退屈そう」ミシェルはくすくす笑って、左手で髪をかき上げた。

「きみの髪はいつも……いったいこれは?」ハリーはぱっとミシェルの左手をとらえ、目の前に引き寄せた。「いったい何をやらかしたんだ?」

「お願い、放して。指がもげてしまうわ!」

「もぎ取ってしまいたいくらいだよ。こいつを、ちゃんと説明しろ!」

「ハリー、痛いじゃないの!」

ミシェルは唇を噛(か)んで涙をこらえた。婚約がそんなに大事件だとは思わなかったわ。パパ・グレゴリーは顔をしかめて〝二十一歳になるまではだめだ〟なんてぼそっと言うし、兄さんときたら指に悪魔のしるしを見つけたみたい。

「さあ、説明しろ！」

「そんな義務はないわ」

「説明したほうがいいぞ。でないと、首をへし折ってやるからな！」

その言葉に、ミシェルの自立精神もたちまち吹き飛んでしまった。兄さんならやりかねないわ。

「ただの婚約指輪」

「それぐらいわかってる」ハリーはミシェルをにらみつけてどなった。「なぜかときいてるんだ！　誰と！　さっさと答えろ！」

「あの……つまりね……わたしたち……」

「わたしたちとは誰だ？」

「ジョージとわたしよ。毎年、夏にはここに来てるジョージ・アームスティッド。お父さんは町で手形や証券の仕事をしてらしたわ。覚えていない？」

「何てことだ！　あいつか！　いまいましい小僧め！　二度も破産した男だぞ。そんなやつがいったい何だって、おまえのまわりをうろつきまわってるんだ？　ねらいは金か？」

「わたしに向かって、ひどいことを言うのね。ジョージは……わたしたち、恋をしてるの。

わたしがお金なんか持っていないことぐらい、兄さんだって知ってるはずよ」

「ああ、ぼくは知ってる。でも、やつも知ってるのか？　それともねらいはあの大きな家か。いい車もあるし、おやじは重病だし……」

「そんな恐ろしいこと、口にしないで！　わたしの愛してる男性のことに口出ししないでよ、ハリー・バターワース。彼は立派な、信頼できる男性で、わたしたち、結婚するんですからね」

「いつ？」

「あの……はっきりとはわからないけど、たぶん、誕生日のすぐあとになると思うわ。ニューヨーク州では、女性は十八歳になれば親の許しなしに結婚できるんだから、それまで待つ必要もないんだけど。まして兄さんには、口出しする権利はないわ、これっぽっちもよ！　わかったわね、ミスター・バターワース！」

「どならないでも聞こえてるさ。まったく、何てことだ。むりもないよ、おやじが……」

ミシェルには、ハリーが何かを言おうとしてそこで気を変えたことがはっきりわかった。

「もちろん、きみの年齢なら、好きな相手と結婚できるよ」

ハリーはおだやかに言い添えて車を出した。ミシェルはがみがみどなられた場合より、いっそう狼狽(ろうばい)してしまった。しばらくはほこりっぽい道に目を据えて黙っていたけれど、村が見えてくると、とうとうハリーの肩をたたいた。

「どういうこと？　ジョージは二度破産したって、どういう意味なの？」

「別に。何か意味があるのかい？」

「ハリー、ふざけないで。大事なことなのよ」

「もちろん大事なことさ、ミッキー。ぼくはただ、彼は前にも結婚したことがあるが、うまくいかなかったと聞いてる——そう言いたかっただけさ。でも、あんまり気に病むなよ。ぼくは長い間留守にしてたし、まちがった噂(うわさ)を耳にしたのかもしれないから。いいね？」

「ええ。でも、たぶんそれは本当よ」少しも信じていない口調だった。「スーパーマーケットに行きたいの。パビリオンの前に車を止めて、歩かない？」

「スーパーマーケットに車を乗りつけちゃいけない理由でもあるのかい？」

「まあ、ハリー、すっかり都会の人間になってしまって。いいこと、美しい六月なのよ。太陽は暖かく、風は涼しく、わたしたちは別に急いではいない。それなのに、なぜ歩かないの？」

ハリーはにやりと笑った。ミシェルの心配を吹き飛ばすような笑顔だ。彼は小石を敷いた駐車場に車を入れた。

「パビリオンはちっとも変わらないな」

「変わったわよ。去年、丸屋根を塗り替えたもの」

「得意になるなよ」

ミシェルはさっと車を降りたけれど、おしりをたたかれてしまった。

「ああ痛かった」

「これを教訓にすることです」ハリーは弁護士口調で言う。

ミシェルは笑って彼と腕を組んで歩きはじめた——これが第一段階。誰かが気づくはずよ。だが、気づいたのは、ミシェルの考えていた相手とは大違いだった。

「やあ、ミシェル！」

びっくりして振り向くと、ジョージ・アームスティッドが従妹（いとこ）のヴェロニカと、フレンドリー・アイスクリーム店のベランダに座っていた。

大違いはジョージではなく、従妹のほうだ。ヴェロニカは三十歳近い特異な美女で、顔、髪、体、目、頭脳、どれもたいしたことはないのに、全部を合わせると有名な女スパイ、マタ・ハリ風の雰囲気をただよわせる。ミシェルの評価では、ハリーには向かない相手だった。

村の生活にも困った点はある。ミラーズ・ギャップ村は通りが一本しかなくて、いまは四人の姿しかない。そうなると、声をかけられて無視することなど不可能になる。ミシェルはがっくりとして、ハリーを引き止めた。

「会わなきゃいけない人がいるわ」

「会わなきゃいけないって？　ぼくはまた、野菜を買うだけかと思っていたよ。まだ湖につり糸を垂れるのをあきめたわけじゃないのでね。魚がいないっていうのは、近くに腕のいいつり師がいないってだけのことがよくあるんだよ」

アームスティッド家のふたりはベランダを下り、大通りを真っすぐこちらに向かってくる。

「彼には何年か前に会ってるはずよ。笑って」

「笑ってるさ。あいつら、急いだほうがいいな。これは五分間の微笑ってやつなんだ。時間が切れたら、きみ、コインを入れなきゃだめだぞ」

「やりすぎないで」ミシェルはハリーにそう言っておいて、カップルのほうに向きなおった。「ジョージ、ヴェロニカ」

ミシェルはためらいがちに二歩、ジョージに歩み寄って頬にキスした。人前では愛情表現をしないジョージもミシェルを軽く抱擁した。

「会えてうれしいわ。兄のハリーを覚えてる?」

「わたしはそうは言えないわ」長身のブロンドのヴェロニカが言った。「もしお目にかかっていたら、絶対、忘れるはずないもの」

いやな感じ、とミシェルは思った。大人の女性が道の真ん中で、よだれを垂らさんばかりじゃないの。

ヴェロニカは目標に向かうロケット弾のようにハリーに歩み寄り、ハリーもボストンじこみの粋(いき)なところを見せて、にっこり笑って握手を交わした。

「妹とはしばらく会っていなかったものだから」ハリーはミシェルの肘をつかまえた。

「こちらがきみの……フィアンセかい？」

「ええ」不意にフィアンセという言葉が心に引っかかって、ミシェルは口ごもった。「ジョージを覚えてるでしょう？　わたしたち、いっしょに遊んだんだもの」

「本当に？」そっけない握手。ジョージのほうもそっけない握手で助かったと言わんばかりだ。「こちらが、きみの結婚相手というわけだ」

「もちろんさ、ミシェルが二十一歳になったらね」

「妹が幸福になれるよう祈りたい気分だな」

「幸福になる自信はあるわ」ミシェルはあわてて口をはさんだ。「わたし、もちろん……」ハリーのきびしい表情に、ミシェルは口ごもった。そんなハリーを見るのは初めてだった。

「ミッキーはバターワース家にとって大切な人だからね。誰かが不幸な目に遭わせたら、そいつのはらわたを引き裂いてやる」

静かな口調の分だけ、脅しには迫力があった。ジョージは思わず一、二歩あとずさりし、ネクタイに手をやった。

「ミシェルを幸福にできると思います」口をきく勇気が出たとたんに、ジョージは攻撃に転じた。ミシェルは背中に冷たいものを感じて、考えもせず口をはさんだ。

「もちろん幸福にできるわよ。昨日の夜、家で待っていたんだけど、何があったの、ジョージ?」

「あの……予定外のことがあってね、ビジネスってそういうものさ」ぐっとそり身になると、ハリーより二センチは背が高い。もっとも、ハリーほどがっしりとはしていなくて、額にうっすら汗をにじませていたけれど。「いま、ぼくは不動産を扱っていてね、もうけは大きいんだよ、バターワース」

「それはよかった。ミッキーはベストのものに慣れてるからな。たっぷり金がかかるぞ」

ハリーはけろりとして言った。

ジョージは驚きを隠しきれず、ヴェロニカはじっと兄妹を観察していた。ハリーが言い添える。

「それじゃ、ぼくら、もう行かなきゃ。買い物に時間をかけてる暇はないのでね。またいつか会えるだろう。ぼくが刑務所に送りこんだ連中のことを話してやるよ、アームスティッド」

ハリーはミシェルの腕をかかえこむと、文字どおりスーパーマーケットのほうに引きずっていった。

「ハリー・バターワース、いったい何をしてるつもり、嘘ばっかりついて?」肩ごしに振り返ると、ジョージたちは何か激しく言い争っていた。「刑務所に送りこんだ連中の話ですって？　会社の顧問弁護士だって、自分で言ってたくせに！」

「たしかに嘘はついたよ。大人のジャングルでの第一の掟は、ミッキー、人は疑ってかかれということさ」

「そんなこと、教えてくれなくて結構よ。わたしだってあのふたりは充分に疑ってます。こんな兄貴を持って育てばそうなるわよ」

ミシェルはくるりと向きなおると、カップルに呼びかけた。

「ジョージ、明日、ブルーベリーを摘みに行くこと、忘れないでね。お弁当はわたしが持っていくわ！」

ジョージは手を振って答え、従妹との議論に戻った。ハリーはまたミシェルの腕をつかんで、ぐいぐいと引っぱっていく。

「もっと早く歩けないのか？」

「ええ、歩けないわ。嘘なんかついて、何を企んでるの？」

「テストしてるのさ。さっきのはあんまりロマンティックな出会いじゃなかったな。情熱の交換もない」

「町の大通りで？　わたしを露出狂だとでも思ってるの？　ジョージはね、人前でべたべたするのは嫌いなの。婚約だって、ふたりだけの話にしておきたがってるくらいですもの」

「悲しいことに、ぼくはまちがった教育を受けたらしいよ。法律なんかじゃなく、酒と女を覚えるべきだった」

「歌は抜き？　酒と女と歌、じゃなかった？」

「それで思い出したよ」ハリーはミシェルを引き止め、向きなおった。「家に帰って半日になるが、ぼくのためには何一つ弾いてくれないじゃないか。情熱がピアノとすり替わったのか？」

「そんなことないわ、ハリー。わたし……毎日、練習してます！」

「そう聞いてうれしいよ」いつもの大好きなハリーの口調が戻っていた。「きみこそ、ぼくの歌なんだぞ、ミッキー、そのことを忘れないでくれ」

小さなスーパーマーケットの二列目の棚にかかって、やっとミシェルはおちつきを取り戻した。十個の商品を買うことにしたが、そのうち六個はいらない品物だった。

「口を閉じたらどうだ、ミッキー？」

大きな指で唇を押さえられ、ミシェルは息をのんだ。頭を振り、現実の世界に戻る。買い物袋は手押し車いっぱいになり、ハリーは店頭まで押して出てから、車を取りに行った。

彼はここで待つようにと言って、念を押すようにミシェルの額にキスした。ミシェルは茫然（ぼうぜん）として、その場に立ちつくした。だが思いがけない出来事が、現実に呼び戻してくれた。

「ミシェル！」

うれしそうな甲高い声にミシェルは振り返った。どうやら願いがかなったらしい。

「スー・エレン！　あなたが来てたなんて知らなかったわ。夏を過ごしに来たの？」

ふっくらした黒髪の娘はミシェルよりも背が低いけれど、巧みなデザインの服は女らしさをきわだたせている。でもスー・エレン自身は純真で、弁護士の奥さんにぴったりだ！

「ええ、夏じゅうこちらにいるつもりよ、母とわたしは。父はお仕事で町を離れられないけれど」

「あなたに会えてよかったわ。わたしたち、明日、ブルーベリー摘みに行くんだけど、あなたも来ない？」

「その前に、あなたといっしょに出てきたハンサムな男性のこと、教えてくれない？」

ハンサムですって？　ハリーが？　家庭的っていうのならわかるけど……。

「車を運転してこっちに来る人——彼よ」

「ああ、彼ね」すべてはわたしの思わくどおりじゃないの！「兄のハリーよ」

「お兄さまも明日、いらっしゃる？」

「どうかしら。まだきいてないの」

「お兄さまがいらっしゃるなら、わたしも行くわ」スー・エレンはくすくす笑った。「沼も、蚊も、ブルーベリーも嫌いだけど、行くわよ。何時?」

「九時よ、パビリオンの船着き場」

「いいわよ。何を持っていけばいい?」

「日よけの帽子と、バケツと、笑顔ね」

「それなら何とかなりそう。でも紹介してくれるまで離れないわよ、ミッキー!」

ハリーはスーパーマーケットの前に車を横づけにし、微笑を浮かべて降り立った。

「またもや美人の友だちかい、ミッキー?」

「そうよ。友だちはたくさんいるんだもの」

「そうだろうよ」ハリーは握手の手を差しのべた。「ハリー・バターワースです。弁護士兼垣根直し兼雑用係で、不運にもミッキーの兄です」

「うらやましいわ!」

「ぼくが?」

「わたしのことを言ってるのよ。わたしの兄よ、スー。でも女性には目がないから、わたしなら信用しないな……」

「ミッキーがピアノをあきらめられないのと同じでね」

ハリーはいかにも満足そうに、ふたりに笑いかける。まるで祝福をしてくださってるみたいじゃないの――ミシェルは腹を立てた。

スー・エレンは食い入るようにハリーを見つめているし。でも、それはあなた自身が望んでいたことじゃなかったの？

「明日の予定を話していたのよ、ハリー」

「なるほど」用心深い態度だった。「で、明日は何をするんだい？」

「ミッキーとわたしはブルーベリー摘みに行くの。でも、男性もいっしょのほうが安心ね。湖のまわりの沼は危険も多いから」

何てこと、スーはわたしのせりふを言ってるわ！　ミシェルは心の中で毒づいた。つぎにはひざまずいて、ハリーの足にキスするんじゃないかしら！　胸がむかむかするわ！

「いいアイディアじゃないか。ブルーベリー摘みのことをぼくが思いつかなかったなんて、どうしてだろうな、ミッキー？」

「知るもんですか。わたし、兄さんのメモじゃないもの。いっしょに来たいの？」

「そこまで優雅に誘われたら断れないな。もちろん行くよ。ボートを漕がされるんだろう？」

「船外モーターがあるの。そろそろ買い物袋を家に運んだほうがいいわ。冷凍食品もあることだし……」

ハリーはスー・エレンとお世辞の交換をつづけ、ミシェルは腹を立てて買い物袋をトランクに積みこんだ――ジョージとわたしは、あんなふうじゃなくてよかったわ。何てナンセンスなおしゃべりでしょう！　ジョージとなら、すべてが居心地がいいんですからね。

「仕事は片づいた？」

「ええ。手伝ってくれてありがとう」

「おやおや、皮肉とはね。ぼくはまた、スー・エレンに興味を示せば喜んでくれると思ったのに」

ええ、そうよ、と理性は言う。けれどもミシェルは、鼻を鳴らしただけだった。帰り道、ハリーはゆっくり車を走らせた。

「卵をこわしたくないからね」

だが、片腕をミシェルの肩にまわしたことの説明はしなかった。ミシェルは体をこわばらせ、さりげなく体をずらしていって、ついにはドアに張りついてしまった。

ハリーはにやにや笑いながら車を止めた。そして、ミシェルが降りようとすると、腕を押さえた。

「明日のピクニックだが、出発点が家の前じゃなくパビリオンなのは、どういうわけなんだ？　うちの船着き場は立派なものだし、ボートもあるし、入江を横断して村まで行ってからブルーベリーの茂みに行くより、ここから真っすぐ行ったほうが一キロは近い。そうなると、どんなわけがあるんだろうね？」

車を降りようとしても、ハリーは手に力をこめるばかりだ。ミシェルは頭に浮かんだいちばんいい嘘を口にした。

「まさか、そんなたわ言を信じろと言うんじゃないだろうな、ミッキー？　おやじに休養させるために静かに事を運びたいだって？　ばかな。今度は頼むから本当の理由を言ってくれ」

「ハリー、あなたは信じるはずないわ」

「信じるとも。言ってごらん」

「パパ・グレゴリーはジョージが大嫌いなの。わたしをどなりつけたのよ、ハリー、あんなこと初めてだわ——やつは最低の悪党だ、うちの敷地には足を踏み入れることを許さん、ですって！　どうしてそんな偏見を持つのか理解できないわ。ジョージは立派な人よ。兄さんだって、彼がどんなにハンサムか、気がついたでしょう？」

「ああ。彼を連れてきたら、おやじにどなりつけられて、いっそう彼と結婚する決心を固めた——そういうことなんだね？」

「ええ。わたし、本当に……とっても彼を愛してるのよ、ハリー」

「もちろん愛してるだろうよ、ミッキー。きみが恋した男は、彼が初めてなんだろう？」

「とんでもない！　兄さんもいれば、兄さんのパパもそうだし……ほかは覚えてないけど、でも、三人か四人はいたわ」ミッキーは挑戦するように言った。ハリーの言うことに惑わされるものですか——ただのお熱じゃないわ！

「でも、ほかの男たちは名前も思い出せないんだろう?」

「まあ、そうね。すっかり忘れてしまったわ。だって、ジョージが現れたんだもの、当然じゃないかしら?」

「おいおい、そんなに真剣になることはないさ。そういう話はぼくはあんまりよくわからないんだよ――法学部では教えてくれないからね」

「でも、たくさんの女性を知ってるじゃないの、ハリー!」

「だからって、ぼくが何かを学んだってことにはならないさ」

「でも、わたしを助けてくれるでしょう?」

「どんなことでも。ミッキー、ぼくに何をしてほしいんだい?」

「兄さんにしてほしいのは、パパ・グレゴリーがわたしの結婚で幸福になるよう、力を貸してくれることなの」

「ああ……それならぼくにもできそうだ。しかし、ぼくなりのやり方でだ。いいね?」

たちまち心の重荷が取れて、ミシェルはハリーにもたれ、頬にキスした。

「もちろんよ」幸せそうな口調だった。「兄さんなら、そういうふうにわかってくれるって、知ってたのよ」

ミシェルはドアを開け、ぱっと車から降り立った。玄関に消えようとする彼女の後ろ姿に、ハリーが呼びかける。

「おいおい、野菜はどうするんだ？」

「それこそ兄さんの仕事でしょう！」

ミシェルはいたずらっぽくにっと笑って、家の中に入ると、引き戸を閉めた。

3

ピクニックびよりの朝だった。太陽は輝き、風は湖にさざ波を立てる。ミシェルは自宅の船着き場で期待に胸を震わせながら、持っていく品物を調べていた。赤い長袖のシンプルなブラウスにジーンズ、そして麦わら帽といういでたちだった。

ブルーベリー摘みに派手な服装は合わない。唯一のおしゃれは、麦わら帽の青いバンドにはさんだ、一輪の遅咲きの水仙だけだ。

四人分の食料と飲み物。ブルーベリーを入れるバスケット。ポリエチレンのアイスボックス。自分のものとしては、予備の靴に、サンローション。

救急箱は大きなゴムボートのへさきにあるし、救命具はともの蓄電池の横。あとはもう、ひどくのんびりした兄貴を待つだけ。

「ハリーはただ、あなたをじらそうとしてるだけなのよ」ミシェルはうんざりしたように、自分に言って聞かせた。「あなたがかっとなると、それを笑いの種にするんだから。これだけ言えばわかるでしょう?」

「ひとり言を言う娘は信用しちゃいけないって言うぞ」

ミシェルはぱっと振り返った。怒りといらだちに、顔は真っ赤だ。

「兄さんこそ……足音を忍ばせて！」こぶしでハリーの胸を突く。「立派な人なら音をたてるはずよ——船着き場の板をきしませるとか！」

「板をきしませるって？」ハリーは答えも待たずに、ミシェルの腕を取ってボートに乗せた。「それじゃ、本当に、ぼくが漕がなくていいんだな？　湖を汚染するから船外モーターは禁止されたんじゃなかったっけ？」

「それは法律じゃなくて、地もとの申し合わせよ。それに、これは電動モーターなの」

「たっぷり充電してあるんだろうな？」

ミシェルは靴を脱ぎ、ぶよぶよしたボートを横切って、ハリーの前に立ちはだかった。

「兄さんはわたしがまるでばかな親類であるみたいに振る舞わなきゃ気がすまないの？　兄さんのしてることといったら、人のあら捜しじゃないの。まったく気に入らないわね」

「ひどい目に遭った子供時代についた悪い習慣が、防衛反応として働いてしまうんだな。いさぎよく謝ったら許してくれるかい？」

頭をわずかにかしげ、口もとにかすかに笑いを浮かべ、髪を風に乱す——すべてが〝途方にくれた少年〟を演出している。

ハリーがいつも使う手だが、ミシェルはそれに抵抗できなかった。笑いをこらえて、両腕をハリーの首に巻きつける。

「ばかね、ハリー、心から愛してるわ」

「それはいずれわかることさ、弁当を開けた時にね。それじゃ、ボートを出せよ」

「あわてないで。カヌーを忘れてたわ」

それも企(たくら)みの一部だった。説明するつもりはないのに、ハリーはやはり質問した。

「カヌーだって？　このゴムボートなら八人は楽に乗れるぞ。何だってカヌーがいるんだ？」

「それはね……」ミシェルは船着き場に戻って、軽いアルミニウムのカヌーを持ってきた。

「ロープをつなぐところに気をつけて――モーターに近すぎるとからまってしまうでしょう？」

「人をばか扱いしてるのは、どっちだい？」

ミシェルは笑ってボートに移った。電動モーターはほとんど音をたてないで、入江を横断しはじめた。ハリーはともに座って舵(かじ)をとり、ミシェルはその前の横木に座ってハリーを見守った。

入江をなかば横断したあたりで、ハリーは視線を航路からはずし、ミシェルを上から下までまじまじと眺めた。

「どうかしたの？　髪にくしを入れたほうがいいとか、そんなこと？」

「ただ、眺めてるだけさ」ハリーは声をあげて笑った。ミシェルは大きく息を吸いこむ。

「ああ、ハリー。あなたがいなくて寂しかったわ、とっても」

「ぼくもきみがいなくて寂しかった。すぐかっとなる気性、かわいい顔、すてきな赤毛、芯の強さ――すべてが懐かしかったよ、ミッキー」

「ハリー、わたしこそ……」

「ぼくが先だ。これから美しくなる年齢だというのに、きみ、本当に何とかいうやつと結婚するつもりなのか?」

「ジョージよ、そう、本当に結婚するつもり。約束したんだもの、破ったりしません」

ミシェルのグレーの目が、ヒントをさぐるようにハリーの顔を見つめる――ハリーは何か企んでるわ。何かしら?

「きみは昔から頑固な子供だったからな」

「らばの頭と言うんだって教えてくれたわね。なぜ、あんなに優しくしてくれたの?」

ミシェルの反撃には取り合わず、ハリーは湖全体を手で示した。

「これはたしかにボストン暮らしにまさるな……それで、彼の従妹だけど、昔から知ってるのか?」

「わずか二週間前からだけど……あの人、絶対に、兄さんのタイプじゃないわ」

「ぼくのタイプじゃない?　いまやきみは、ぼくの好みまで決めるつもりか?」

「あの……ごめんなさい。こんなこと言うべきじゃなかったわね」

「まあね」ハリーはくすくすと笑った。「でも前は、それぐらいで黙ったりしなかったぞ。いったいどういう風の吹きまわしだ?」

「わからないわ、ハリー。ただ、もう兄さんとはけんかしたくないの。なぜだかわからないけれど」

「もちろん、きみにはわからんさ」ひどく真剣な表情に変わって、ハリーはミシェルの髪を手ですいた。「それで、きみは約束を守るわけだ。立派な性質だな。ただ、このことだけは教えてくれ、ミッキー、なぜだ?」

「なぜって何が?」

「なぜ、彼と結婚を約束した?」

ミシェルはへさきを振り返った。ハリーは敏感すぎるもの、心を読みたければ背中からお読みなさい。もし本当のことを答えたら、ハリーはどんな反応を示すやら。

わたしがジョージと結婚するのは、亡くなった母に、十四歳の時、言われたからなの――恋に落ちた男性とはいっしょになれないって。ジョージと結婚するのは初めてプロポーズしてくれたからで、わたしは独身のままおばあさんになるのはいやだから。それだけのことよ!

「おいおい、泣いてるのか?」

「ばかなこと言わないで。ただ……風が目にしみただけ。船着き場に気をつけて」

ハリーは静かにパビリオンの船着き場に船首を向けた。何年も湖でボートを操ってきたような巧みな舵さばきだった。船着き場といっても実際は係留してある筏（いかだ）で、すでに三人が待ち受けていた。

「こんな日にヴェロニカを家に置いてはおけなくてね」ジョージがボートを引き寄せながら言った。「余裕は充分にあるんだろう？」

「もちろんさ」ハリーがブロンドににっこり笑いかけた。「でも、そのハイヒールじゃ、ゴムボートに穴があきそうだな」

ヴェロニカは顔をしかめて靴を脱ぎ、ボートに乗りこんだ。ピンストライプのセーラードレスは女らしさをきわだたせてはいるものの、絶対にブルーベリー摘みに行く服装ではなかった。

「どうして来たのか、自分でもわからないわ」スー・エレンは憂鬱（ゆううつ）そうだが、服装は申し分ない。明るいオレンジ色のシルクのキャットスーツは、ふっくらとした体の線を隠さず、帽子をかぶっていないので黒髪がつややかに光る。

ハリーはともに座ったままだが、歓迎の微笑は狼（おおかみ）の微笑に変わりはじめていた。ミシェルは背筋がぞくっとした。企みは目の前で崩れていくのに、何一つ手が打てないのだから。

ボートはゆっくりと進み、湖心の小島の群れをぬって北へと向かう。ヴェロニカはともにハリーと並んで座り、スー・エレンはミシェルの座っていた席を占領して、ハリーを見つめていた。

いっそう悪いことに、ジョージがミシェルの隣に座りこむ。いっそう悪いことにですって？　罪悪感にかられて、ミシェルはいつもよりジョージに体を寄せた。

ジョージに肩を抱かれると、頭は彼の胸にもたせかけるしかない。思わずため息をつくと、ジョージは喜びのため息と勘違いして、ミシェルの額にキスした。

湖は細長くて幅も広いが、アディロンダック公園にある一千もの湖の一つにすぎない。モーターは快調だが、カナスタゴ河の河口に着くまでに一時間かかった。

一帯の沼地にブルーベリーが生い茂っている。河とは名のみの小さな川だが、その河口から二百メートルほど沖にパチカオグという小島がある。ハリーがスピードを落とすと、ミシェルは計画を実行に移すチャンスだと自分に言い聞かせた。

「ねえ、全員が一箇所じゃ多すぎるわ。ハリー、スー・エレンを連れて、カヌーで島に行ってくれない？　残りはボートで沼地に行くから」

「ああ」ハリーはくすくす笑った。ミシェルは何か言われると覚悟していたが、口を切ったのはヴェロニカだった。

「わたしも島に行くわ。小さなボートは嫌いなの。これはボートとも言えないじゃないの」

「わたしもハリーと行くわ」スー・エレンもあとへは引かない。ハリーは肩をすくめてみせた。ミシェルには別に困ったようにも見えなかったけれど。

「三人が島に行くなら」ヴェロニカが二の矢をくり出す。「あなたとジョージがカヌーに乗って、わたしたちがボートを使うのがフェアってものだと思うけど」

「それも面白いじゃないか」ジョージが賛成した。

「カヌーでブルーベリーを摘むのは難しいのよ。あなたには摘む気がないから……ああ、もういいわ。そうしましょう」

積み荷と人員をボートとカヌーに振り分け、あとで落ち合う地点を決めるのに、また十分を費やした。やっとボートが勝ち誇って離れていくのを見ながら、カヌーのともに座っているミシェルはうんざりして首を振った。企みは思ったように運ばず、ジョージの相手まで押しつけられるなんて。

「あそこまで漕いで。そこよ、下生えにすき間が見えるでしょう？　きっとブルーベリーがあるわ」

ミシェルは合図にカヌーを揺すった。とたんにジョージは船ばたをつかんで、情けない声をあげた。

「よせったら。そもそもぼくは櫂(かい)を持っていないぞ」

「わたしが持ってるわ。使ってちょうだい」

「へさきからじゃ漕げないよ。ともに座ってるんだから、きみが漕ぐしかないな」

「それじゃ場所を替わりましょうよ」

ミシェルが立ち上がりかけると、カヌーは狂ったように揺れた。

「やめろったら！　ふたりとも湖に落ちるじゃないか。救命胴着はどこだ？」

「ボートよ」思わずため息が出る。「ぐずらないで、ジョージ。わたしが漕ぐわけね？」

「女性は解放されたんだぞ。とにかく乾いた土の上に降りよう」

「乾いた土なんかないわよ」

ミシェルは陰鬱な気分で櫂を操った。と、カヌーはいきなり、岸辺の浅瀬に乗り上げていた。

「このほうがいい。木陰でしばらく休もうよ。水の上は暑い」

「それは暑いでしょうよ」

ミシェルはため息をついた。岸に降りたジョージはカヌーを引き上げ、ミシェルの手を取る。

「ふたりっきりになるのは一カ月ぶりだってこと、気がついてたかい？」

「そんなになるかしら？」

ジョージは返事もせず、ミシェルの手を引いて、十五メートルもある巨木の下の草むらに座らせた。

「そう。そんなになるんだ」

ほとんど折り重なるように腰を下ろすと、ジョージは結婚の前払いを求めるしぐさを見せた。ミシェルは体をずらす。

「あら、鷹よ」

「うん、鷹だ。頼むよ、じっとして」

ミシェルは自分に言い聞かせた——婚約してるんだもの、すべてではなくても、何かは与えてあげなくては。

彼女は笑みを浮かべてジョージに寄り添った。遠くから見るとジョージはすごいハンサムだけれど、すぐそばだとぶつぶつやしわが目について幻滅だ——そんなことを言っても、もう手遅れよ。

ミシェルは目をつぶった。ジョージの唇が重なり、いかにも慣れた感じでキスを深めていく。ミシェルはできるだけキスにこたえようとするのだけれど、一カ月前とは何かが違った。

ジョージもその違いに気づき、いっそう強引にキスをした。ミシェルは唇を開いて受け入れながら、自分の反応を冷静にたしかめた。何も感じない。だが、情熱が欠けているのはミシェルのほうだけだった。

ジョージの呼吸は速まり、手がミシェルのブラウスのボタンにかかる。ミシェルはその手を押さえようとして、思いとどまった。何かはあげなくては。ジョージは狂おしげにブラジャーのストラップを引きちぎり、小さな固い胸を手で包んだ。

「ああ……」

ジョージは不器用にブラウスのボタンの残りをはずし、ウエストまでブラウスをはだけた。何かを感じなくちゃ……ジョージの手はべとべとしてる……ジョージはミシェルの胸に歯を押し当てた。

「痛いわ」

震える小声で抗議しても、ジョージはやめようとしない。ひどい痛みではなかった。ひどいのは心をかすめた思いのほうだ――この人と結婚することになってるなんて！　ジョージはしぶしぶ愛撫の手を引っこめた。

「どうしたんだい？」

「わからないわ。たぶん疲れてるのよ」ミシェルは手早くブラウスのボタンをはめた。

「わたしたち……ブルーベリーを摘んだほうがいいわ」

「ブルーベリーなんかどうでもいい！」ジョージはまだ荒い呼吸をしていたけれど、ミシェルは身をよじって抱擁を逃れ、立ち上がってジーンズのごみを払った。「きみ、本気でブルーベリーを摘むつもり？」

「手ぶらで帰ったらまずいわ」

「ぼくだって手ぶらで帰りたくはないよ。でも、ブルーベリーじゃない。ぼくら、一カ月後には結婚するんだぞ——それなりの意味があるだろう?」

「ええ。でも、あなたの考えてるようにじゃないわ。わたし、見本(サンプル)をあげたくはないの。今日を台なしにしないで、ジョージ、お願いよ」

「それじゃ勝手にブルーベリーを摘むさ。ぼくはここで見物だ」

ミシェルはジョージをにらみつけたけれど、良心もうずいた。そこで、わらで編んだバスケットを手に、草むらに向かった。

茂みに風をさえぎられた沼地を動きまわるのだから、ブルーベリー摘みをしていると汗だくになる。いくつか引っかき傷をつくったものの、何とかバスケットをいっぱいにすると、ミシェルは急いでジョージのそばに戻っていった。

婚約までしているのに冷たくあしらったものだから、ジョージも露骨な迫り方をしたんだわ。一カ月後に結婚するのに、それがひどい罪だと言えるかしら? いけないのはわたしのほうだった。

結論は分別のある娘らしくすっきりと出たけれど、なぜかしっくりしない。説明しようと草むらを出てみると……ジョージは眠っていた。足音を忍ばせてカヌーに歩み寄り、ブルーベリーのバスケットをしまう。

説明するわけにはいかないので、ミシェルは次善の策をとった。ジョージのかたわらに横たわり、彼の手を取って自分の胸に置くと、たちまち眠ってしまった。やがて悲鳴がふたりの目を覚ました。

「いったい何の……」ジョージが上体を起こす。ミシェルも起き上がった。

「大山猫かしら？」

「こんなところにいるはずが……まただ」

「島からよ！　女性たちのどちらかだわ。行きましょう、ジョージ！」

ミシェルが立ち上がってかけだすのを見て、やっとジョージも動く気になったらしい。ミシェルがカヌーを湖に押し出すと、ジョージものろのろと立ち上がった。

ジョージはスポーツマンでふだんは身ごなしも優雅なので、ミシェルはびっくりした。でも、ジョージの寝起きのようすを見るのは初めてだからと思いなおした――わたし、ジョージのことを、ほとんど何も知らないみたい。

「乗れよ、ぼくが漕ごう」

いつも自分で物事を決めているミシェルにとっては慣れない成り行きだが、ジョージの機嫌を取らなくてはと従順に笑顔でこたえ、へさきに乗りこんだ。ジョージは巧みに櫂を操り、全速力で島に向かった。

「何があったのかしら？　ボートが流れてるわ」

「悲鳴は島から聞こえたぞ」

「ボートには誰も乗っていないわ。何をするの……よして、ジョージ！」

その時にはもう、ジョージは櫂を置いて、カヌーの中で立ち上がっていた。必死にバランスをとろうとしたものの、カヌーは転覆し、ふたりは湖に投げ出された。

湖畔に育ったミシェルにとっては、たいしたことではなかった。ただ、あんなに苦労して摘んだブルーベリーをなくしたのは残念だったけれど。

ミシェルはひっくり返ったカヌーとゴムボートの間に浮かび上がると、ゴムボートには い上がった。またもや島で悲鳴があがる。ミシェルは立ち上がり、手をかざして見やったけれど、何一つ見えなかった。

それどころか、ジョージの姿さえない。転覆したカヌーの陰からうめき声が聞こえる。

ミシェルは髪をぐいと後ろに押しやり、ためらいもなく水に飛びこんだ。

カヌーの向こう側まで泳ぐと、片手で必死にカヌーにしがみついているジョージが見えた。目の上が切れて血が流れている。ジョージはふらふらしながら言った。

「頭をカヌーの船ばたにぶつけちまった……」

彼の片手が滑り落ちる。ミシェルはさっと潜って、ジョージの腕を支えた。ジョージのもう一方の手がミシェルの肩をつかみ、彼女も水中に引きずりこまれそうになる。

ミシェルは鼻と口から水を吹き出し、すばやく頭を働かせた。カヌーには何の手がかりもないから、ジョージを押し上げるのはむりだ。彼女は用心深く、ゆっくりゴムボートをめざした。

ゴムボートのまわりにはひもがあるので、とりあえずジョージを両手でそのひもにつかまらせておいて、ふらふらしながらボートにはい上がった。これからどうしよう？

母の言葉がよみがえる——困った時には、悲鳴をあげればいいの。そこで、ミシェルは胸いっぱいに空気を吸いこんで悲鳴をあげた。鳥たちが驚いて飛び立ち、ジョージははっきり意識を取り戻して、ありとあらゆる呪いの言葉を吐いた。

ミシェルはボートにひざまずき、ジョージの両手をつかんで引き上げようとしたが、どうやってみても彼女の手にあまった。すると、不意にボートがぐいと引かれ、ミシェルはぎょっとした。

島から水に飛びこんでゴムボートに泳ぎ着いたハリーが、反動をつけて上がったせいだ。その勢いでミシェルに覆いかぶさる。

「ああ、ミッキー！　だいじょうぶか？　心臓が縮み上がったぞ！」

「わたしならだいじょうぶ。兄さんが飛びかかるまではだけど。いったい……」

「知るもんか。さっきの叫びは何だ？　血も出ていないようだが……」

「わたしじゃなくて、ジョージよ。すぐそこにいるんだけど、けがしてるの。島から聞こえた叫び声は何だったの？」

「おまえにはとても信じられないことさ。どこだ、おまえの恋人は？」

「ボートのわき。手を持って引き上げようとしてたのよ。兄さんのおかげでわたし、ろっ骨かどこか折ったんじゃないかしら」

「いつか、それぐらいではすまなくなるぞ」ハリーは吐き捨てるように言って、乱暴にミシェルを押しのけると、水につかったままのジョージに手を差しのべた。「さあ、つかまれよ。今日はもう、水泳のレッスンをしてる暇はないんだ」

ジョージは咳払いをしたものの、上がってこようとはしなかった。

「さあ、急げよ。ぼくはあとふたり、気違いの面倒を見なくちゃならないんだから」

「むりだ……とてもむりだよ」

「何てことだ」

ハリーはボートから身を乗り出して、何とかジョージの背中をつかんだ。ミシェルはジョージの両手を握った。力を合わせて引き上げると、ようやくジョージもボートに転げこんだ。

「カヌーのもやい綱を握ってろ」ハリーは言い捨てて、ともに向かった。

「ほかに奴隷なんか見つからないところを見ると、わたしに命令したわけね」

「いいかい、ぼくはたったいま、きみの恋人の命を救ったんだぞ……」

「まあ！　あと五分もあれば、わたしが自分で引き上げてたわ」

「もう一度そんな口をきいてみろ、おしりをぶってやるからな。ただ彼を救うために、ここまで泳いできたとでも思うのか?」

ミシェルはぱっと顔を上げ、電動モーターをかけるハリーを見つめた。そのつづきも言ってくれればいいのに。ハリーは黙っているし、ミシェルもプライドがあってきけなかった。

「そんな必要はなかったのよ」なぜか猛烈に腹が立ってくる。「わたしは水泳のチャンピオンですからね。賢い兄さんよりたくさんトロフィーを取ったんだもの」

「子供の部でな。気が散るから黙っててくれ。恋人の介抱でもしろ。彼はずいぶん水を飲んだらしいぞ」

「ハリー・バターワース……そんなに思いやりのない兄さんなんているものですか!」

「そうかもしれない。だが、もうひとりの間抜けのほうは、どうなんだ?」

ミシェルはけんかを買おうとはせず、ひざまずいてジョージの頭を胸に抱いた。ブロンドの髪をなでつけ、そっと額にキスする。ともから、ひどくいやらしい声が聞こえた。だが、ミシェルがやり返す暇もなく、ボートは岸に着き、ハリーは島に上陸して姿を消してしまった。

ミシェルもジョージに手を貸して、ゆっくり島に上がり、大きな白樫(しらかし)の木の下に座らせた。ゴムボートをつないでしまうと、好奇心がむくむくと頭をもたげてきた。

「おい、ひとりにしないでくれよ」

「あなたはもうだいじょうぶ。皆を助けに行ってくるわね」

湖にまだ魚がいたころ、この島はよいつり場の一つだったから、ミシェルはパパ・グレゴリーとしばしば来たものだ。従って道は知りつくしている。

斜面をなかば上ったところに、松の木にもたれてヴェロニカが座っていた。ずぶぬれで、恐ろしい目でにらんでいる。粋なドレスはしわくちゃで、ハイヒールはかかとがもげそうになり、髪は乱れに乱れていた。

「何があったの?」ミシェルはヴェロニカのそばに片ひざをついた。「けがは?」

「けがはないけど……彼ったら、立ち止まってたずねようともしなかったわ」

「礼儀知らずなのよ。いままでも、これからも、そうでしょうよ」ひどい嘘だけど、神さま、お許しください!

「わたしの兄には違いないけど、とても評判の悪い男だもの」

「あなたまで怒ることないわ。ジョージは?」

「ボートのそばよ。何があったの?」

「何があったかですって! わたし、死にそうなくらい退屈したわ。それで家に帰ることにしたら、あのいまいましいボートったら、モーターがかからないの。わたし、水に落ちてしまって、ふと気がついたらあなたの兄さんが岸に立っていて、大笑いしてるじゃないの。でも、助けに来てくれると思ったわ。そうしたら、あのばかな娘が悲鳴をあげて……

あなた、どこに行くの？」

「ばかな娘のこと、忘れてたのよ」

ミシェルは全力で走った。小さな丘のてっぺんに二十メートル近い白樫の木があって、ハリーは幹にもたれて首を振り、スー・エレンは地面から三メートルほどのところの枝にしがみついていた。

ミシェルは歩みをゆるめた。賢い企みもいまはこれまでだ。ふたりは敵同士のようににらみ合っている。何とか打つ手はないものかしら。まず、ちょっとなだめなければ。

「ありがとう、ハリー……」

「何のことだ？」

「わたしの命を救ってくれて」

「ふん！　きみの愚かな友だちに下りてこいって言えよ」

「ハリー！　彼女には名前があるのよ」

「あるだろうとも。ぼくだって試してみたさ」

「スー・エレン？」

「わたし、下りないわよ、あの蛇が行ってしまうまでは」

スー・エレンは女子大でしつけられた言葉遣いも忘れ、アラバマなまり丸出しだった。

「蛇って、ハリー？」

「あそこのすごいやつさ。いくら説明しても信じようとしないんだ。ディキシーを三番まで歌って南軍の旗をあげてみせても、彼女が下りてくるかどうか」

「子供みたいね、ふたりとも！」

ミシェルは茂みまで歩いて、一メートル足らずの蛇を見つめた。ゆっくり首を振ると、木の根もとに戻った。

「スー・エレン！　すぐ下りてらっしゃい。あれはただのガーター・スネークだから、たとえ嚙まれたところで平気なのよ」

「嚙もうとしたわよ。毒蛇じゃないってことはたしかなの？」

「絶対よ。さあ、下りてらっしゃい」

優しい口調のせいか、スー・エレンはのろのろと木を下り、最後はハリーの腕の中に落ちた。三人はボートのところまで戻った。ヴェロニカと言い争っていたらしく、ジョージの顔は真っ赤だった。

ミシェルはジョージの頭を調べ、こぶはどうしようもないとして、まだ出血をつづけている傷口にバンドエイドをはった。ハリーがたずねる。

「それじゃ、帰れるな。でないと、今度はぼくの神経が参ってしまう」

4

ピクニックのあと、バターワース家の三人は、何とかお互いを避けて通した。だが、翌日の昼食ともなると、もう隠れ場所はない。

ハリーは魚のスープをつついているだけだが、パパ・グレゴリーは熱心に口に運んでいた。ミシェルはふたりに給仕をして、自分の席に着いた。これが家族水入らずってものね、誰もわたしを手伝おうとしないもの！

「それで、ブルーベリーはどれぐらい、とれたね？」パパ・グレゴリーが最初の矢を放つ。ハリーは魚のスープでむせそうになり、ミシェルはぱっと顔を伏せてナプキンで口もとを押さえた。「どうした？」

「バスケットにいっぱい摘んだわ」

「それじゃ、今夜はブルーベリー・パイだな？」

「あの……だめなの。家に持って帰らなかったから……カヌーがひっくり返って、なくしてしまったのよ」

「そのうえ、危うくフィアンセまでなくすところだった。想像できるかい？　あのスポーツマンが泳げないんだよ！」

泳げるわ！　ハリーったら、よけいなことを言わないで、フィアンセだなんて！　ミシェルはそっとパパ・グレゴリーの顔を盗み見た。いままでの経験では、パパは顔を青と赤のまだらにして、雷を落とすところだけれど……。

パパが微笑してるなんて！　ハリーを見やると、うつむいているが、唇の端がつり上がっていた。それでは、パパの微笑はハリーのおかげに違いない。でも……。

「にっこり笑って、ミッキー。うまい魚スープだった」パパ・グレゴリーはナプキンを置いてくつろいだ。「弁護士の息子がね、わたしを〝ほぼ〟説得したんだよ——若いジョージ・アームスティッドのことを完全に誤解してるって」

息を詰めていたミシェルは、大きなため息をもらした。

「いいかい、わたしは確信したい。彼を連れてきなさい——自分でたしかめたいからね。もしおまえがわたしの同意なしに結婚したら、わたしはがっかりするよ、ミシェル。もちろん、おまえにはそうする権利があるが、わたしは失望するだろうね」

「あの……そこまで求めないでほしいわ、パパ。愛する人たちの間でどちらかを選ぶことはとてもつらいし……いっそ……あの、そこまで求めないでほしいのよ。パパを失望させたくはないけれど、娘には自分で過ちを犯す権利だってあるんだもの」

「よくわかった。おまえは自分が正しいと思うことをしなさい、ミシェル——わたしが求めていることではなくてね」

「きみのお母さんなら求めるだろうことを、しろってことさ」ハリーがまぜっ返す。

ミシェルに言わせればそれは反則打だった——母との約束を思い出させるなんて。わたしは約束の重みに押しつぶされそうなのに。

「ハリーの言うことなんか気にするな。おまえは母さんそっくりのいい子だよ、ミシェル……さてと、弁護士の息子が何としてでもわたしにつりを教えたいらしいから、その前に昼寝をしておいたほうがいいだろう」

グレゴリーはいつもより足音高く食堂を出ていった。一瞬、沈黙があたりを支配する。

「魚のスープ、いやならむりして食べることないのよ、ハリー」

「好きだよ。だから、そんな悲しそうな声を出すな。たとえ嫌いでも、ぼくは最後まできちんと食べる。このビスケットはいいね、お手製かい？」

「お手製と買ってきたのとまぜてあるの」ミシェルはくすくす笑ったけれど、すぐ真剣な表情に戻って言った。「あの……ジョージのことで口添えしてくれて、ありがとう」

「ぼくはいつだって、きみとの約束は守るさ、ミッキー」

「いままでもいつも守ってくれたけど……でもどういうわけか、必ずしもわたしの期待していたとおりにはならないのよね。まさか、何かのゲームのつもりじゃないでしょうね、ハリー?」

「このぼくがそんなことをすると思うのか?」まさに純粋な心を傷つけられたと言わんばかりの口調だった。

けれどもミシェルは、子供の時から、ハリーがまばたきする間に事をひっくり返してしまう能力を持っていることは身にしみて知っている——まあ、まばたきをしなければいいわけだけど! ミシェルは自分でもおかしくなって、くすくす笑った。

「ええ、ちゃんと見張ってないと、やりかねないと思うわ!」ミシェルは席を立つとテーブルをぐるりとまわり、魚のスープを飲んだばかりのハリーの首に手をかけて、胸に抱き寄せた。「ああ、兄さんが家にいるってすてきね」

「それはよかった。でも首を締められたら死んじまうよ! 助けてくれ!」

「よしてよ、大きいくせに弱虫ね」ミシェルは喉を鳴らして笑いながらハリーの髪をくしゃくしゃにした。その手が止まる。「ハリー、白髪があるじゃないの! ここよ。何なら……」

「抜いちゃだめだ。あと何年かたつと、それだって大事になるかもしれない。祖父はつるつるのはげ頭だったんだから。ごほうびをくれるなら、キスでいいぞ」

いっしょに暮らしていたころの、いつもの手順だった。前は夢中でハリーの額にキスしたものだが、いまは不意に当惑してしまう。昔のようにごほうびをあげたいけれど、恥ずかしくてできない。ミシェルの心を読んだように、ハリーはにやりと笑った。

「やっと大人になったんだな、ミッキー」

「ばかなこと言わないで。去年のクリスマスに、オールバニーの舞踏会でパパと主人役を務めた時、会ったでしょう？　あの時だって、わたし、大人になってたわ」

「違うな。きみはまだ大人の演技をしている少女だった。いまは男の子じみた服装をしていても、明らかに大人の女性だよ。ぼくはうれしい――この日をずっと待っていたんだから」

「どういう意味かわからないわ。時々、わたしを混乱させるために話すことがあるんだもの、兄さんは」

「もちろんさ、ミッキー。どういう意味かきみにわかるはずはない――いまはまだ。でも、心のどこかで覚えておいてくれ。いまはほかの話がある。ベランダに出ないか？」

「いいわよ」

しかし、ハリーはベランダで止まらず、ミシェルの手を引いて湖のほうへ下りていった。湖面は鏡のようで、睡蓮(すいれん)の小さな塊がわずかに揺れている。鷹(たか)が一羽、青空を滑空していた。

「ここでは何一つ変わらないな」

草原の端に座ると、ミシェルを横に座らせて、ハリーはぽつんと言った。

「何もかも変わっていくわ。鷹だって昨日の鷹じゃないし、湖は酸性雨にやられ、わたしたちだって変わったわ、ハリー」

「ああ、わかってる」ハリーは寝そべり、頭の下で両手を組んだ。「世界は変わっていく。時には、ぼくらが望むより早く変わっていくこともあるんだ、ミッキー。誰も避けられない危機だってある」

「パパ・グレゴリーね？ 何かひどいことが……パパが亡くなるんじゃないでしょうね？」

それこそ、この二週間、ミシェルを悩ませている悪夢だった——パパはわたしの目の前で、しだいに弱っていく。

「おいおい、飛躍するなよ」ハリーはミシェルの手を握った。「おやじは問題をかかえてはいるが、そんなに重大じゃない。おやじ自身、問題そのものより、どんなふうにきみに話すか、そのほうを心配しているくらいだもの。二週間前、おやじが病院で精密検査を受けたことは知ってるね。胆のうに問題があることはわかったが、命にかかわるようなものじゃない。スケジュールがこんでるので、こちらで静養してろと言われたくらいだから。ドクター・フィルバートの予約が取れたら、電話をくれることになってる」

「まあ、そんな、ハリー。わたしはまた……」

「わかってる、ミッキー。おやじはただ、どうしてもきみに話を切り出せなかっただけなんだ」

「それで兄さんが、悪いニュースを伝える役を押しつけられたのね？」

「いつものことだろう？」

「そういえばそうね、ハリー。でも、このことで言えば、ニュースのないことが悪いニュースで、悪いニュースはほとんどいいニュースだわ。わかる？」

ミシェルは横たわったハリーに体を寄せて笑った。

「わかるよ。そこで、ぼくらにも問題が生じる。よく聞けよ――ぼくらふたりは、これからの一カ月、おやじを上機嫌にさせておかなくちゃならない。どういうことかわかるね？」

「まあね。パパを元気づけて、できるだけ笑うの？」

「それに、おやじを怒らせないこと」

「まあ、どうしよう」

「どういうことだ？」

「パパはジョージに会いたがってるわ。きっとパパを怒らせることになるんじゃないかしら。兄さんはどう思う？」

「そうなるかもしれないが、おやじの望みとあれば、かなえてあげるしかないさ。きみとぼくとでチームを組んで、軽いユーモアと微笑を絶やさず……」

不意に真剣な表情になると、ハリーはミシェルの顔を両手ではさみ、そのまま顔を近づけた。ミシェルは急に恐れを感じた。唇が重ねられ、鋭いショックを覚える。

唇はいったん離れ、また重なった。ミシェルは突然、自分を女だと感じた――世界でいちばん求められ、愛されている女だと。驚きのあまり身じろぎもできない。

魔法を破ったのはハリーだ。彼はミシェルを優しく押しやった。背中に小石が当たり、その痛みでミシェルはわれに返った。あわてて起き上がり、赤くなった顔を隠す。

「ごめん、ミッキー」

ハリーも体を起こし、ミシェルの顔にかかった髪をはねのけた。ミシェルは大きく息を吸いこんだ。軽いユーモアと微笑ね？　わたしだって、この近所ではいちばんの女優よ！

「ごめんて何のこと？」ミシェルはくすくす笑ってみせた。悪くない演技だ。「何も謝ることないわ。わたしもとっても楽しんだから」

「でもきみは本気で受け取っていない、そうだろう？」

「そうね……思いがけなかったとは言えるけど。女の子は自分の兄のことを、そんなふうには考えないものだわ」

「もちろん、そうだろうな」ハリーはため息をついた。「何か別のことを話そう」

「パパのために、万事明るく幸せにってことのほかに？」

「そう、そのほかの話だ」

「オーケー。スー・エレンのことはどう？　いい子でしょう？」

「おいおい、もし昨日の夜きみをつかまえてたら、おしりをぶっていたところだぞ。スー・エレン！　彼女が候補者なのか？」

「彼女はいい子で、わたしの親友だってだけのことよ。候補者って何の？」

「その純真そのものって手は食わないぞ。彼女が、きみがぼくの相手として考えてる娘なのか？　ぼくはプロポーズしなきゃいけないのか？　それとも、ちょっかいを出すだけでいいのか？」

「ハリー、このわたしが兄さんのためにそんなことをすると思って？」

ミシェルもいろいろな手口を心得ていた。傷つけられた表情を演出するためには、目につかないところで自分をつねればいい。うまくいけば涙の一滴ぐらいは出る。いまのように。

だが、不運なことに、ハリーもミシェルの手口にはたっぷり経験を積んでいた。ミシェルが涙を見せたのに、草の上にひっくり返って笑い転げている。今度は本当に腹が立った。

「ハリー・バターワース。殺してやりたいわ、本気よ」

「そのほうが、きみのかわいい親友と結婚するよりましかもしれないな」座りなおしたもののの、ハリーはまだ笑っていた。「もう少しましな娘を見つけられないのか？」

「まあ、よくも……」舌先まで出かかった言葉をのみこみ、四回深呼吸をして、十、数える。「彼女、兄さんのタイプのはずよ」

「どういうタイプなんだ？」

「わかってるはずよ。彼女はすてきでかわいい家庭的なタイプ、父親は大金持で……」

「彼女の父親と結婚する気はないな。もっとましな娘はいないのか？」

ミシェルはもう一度、怒りをのみこんだ。ハリーには本当にスー・エレンのような娘が必要だし、これをまとめるのは、わたしの責任だわ。

「ハリー、スー・エレンは明るい子で、いろいろな才能の持ち主よ。料理がうまく、子供好きで、話し方も上品だわ。それに、従順で、胸だって大きいし、そのうえ……」

「頭には脳みそがない――だから、ぼくのタイプだって言うのか？」

「兄さんには頭のいい女性なんか必要ないわ。いつもふたり分頭が働くって自慢してるじゃないの。いいこと、スー・エレンは兄さんにぴったりのタイプなの！　はっきり言うけど、兄さんはだんだん若くなるわけにはいかないんですからね！」

「つまり、こういうわけか？」ハリーはひざをつき、ミシェルを自分のほうに向きなおらせた。「ぼくはもうろくしたから、きみとしては最後のおせっかいをやかずにはいられない。それじゃ、島で何が起きたか教えてやろう」

「聞きたくないわ」

ミシェルは耳を押さえたが、ハリーは大声でいきさつを話しはじめた――ヴェロニカが退屈してボートで逃げ出そうとし、モーターをかけられなくて水に落ちる。やっと彼女を島まで連れ帰ったら、スー・エレンが悲鳴をあげ、かけ戻ってみると木に登っていて下りてこようとしない。そこにミシェルの悲鳴があがり……。

「ターザンのまねをしたってわけね」

ハリーは立ち上がって、にらみつけた。

「ぼくが命がけで助けてやったのに、あんまり感謝してないみたいだな」

ミシェルも立ち上がってにらみ返したが、ばかな言い争いになってしまったことに気づき、目をそらした。だが、長い経験から、言われっぱなしですませるわけにはいかなかった。

「ちゃんと感謝してるわよ。そもそもわたしは助けが必要じゃなかったし、兄さんがボートに飛びこんできて背骨が折れそうになったけど……でも、ハリー、本当におかしかったわね」

「おかしかったにしても、笑えるのはきみだけさ」

ふたりはにらみ合う。唇がぴくぴく震え、ふたりはたちまち声を合わせて笑っていた。

パパ・グレゴリーが姿を現した。

「いったい何事だい?」

「信じられないかもしれないけれど、ミッキーが約束してくれたんですよ——これ以上、ぼくに対しておせっかいはやかないって」逃げ出そうとしたミシェルの腕をつかむ。「そうだね、ミッキー?」

「そうよ」

暴力を恐れてそう答えたものの、ミシェルは心の中で言い返した――そんなこと、言った覚えはないわよ、いいこと?

「驚くべき決意の表明があったところで、今度はボストンのつり師の腕を見物に行かないか。魚のいない湖から魚をつるところを見せてくれるんだぞ」

「わたしは家にいたほうがよさそう。野菜の用意だけしておくわ。お夕食には、兄さんのつってきたものを料理するわね」

父子は船着き場に向かい、ミシェルは家に帰るとピアノに向かった。お気に入りの曲を弾きながら、心はさまざまな問題を解きほぐす。

第一がハリーの件。ほったらかしておいたら、ヴェロニカ・アームスティッドの腕に抱かれることになる。だから釘づけにしておかなくてはいけない。やはりスー・エレンがいちばんの釘だわ。

第二がジョージの件。別れた時、彼は頭から血を流したままだったというのに、どうしていままで忘れてたのかしら?　パパが会いたいと言いだしたんだから、まずジョージのことを考えなくちゃ。

しかし、ミシェルが最初に電話したのはスー・エレンのほうだった。アラバマ娘はとてもはっきりしていた――ハリーは立派な人だけれど、野蛮人だから、南部の娘がふたりきりでいて安全な相手だとは思えないとか。

三十分ほどかけて説得し、自宅での夕食に誘う。スー・エレンはまだぐずぐず言っていたけれど、ミシェルは電話を切った。

ジョージへの電話にはもっと忍耐が必要だった。何しろ、ひどい風邪、ひどい気分で、額を四針も縫ったあとなのだから。

「……それなのにきみは、何とも思ってないんだからな。ぼくら、婚約してるんじゃないのか?」

「してるわよ。それでね、ジョージ、大切な話があるんだけど……」

「手短に頼む」

「ビッグニュースなのよ、ジョージ! パパ・グレゴリーがあなたに会うって言ってくれたの」

「それじゃ……ぼくらの結婚を認めてくれるの?」

不機嫌は消え、ジョージはミシェルの惹かれた、愛すべき少年のような彼に戻っていた。

「あの……婚約は認めてくれたんだと思うけど」ミシェルは慎重に言葉を選んだ。「結婚についてはよくわからないの。あなたをよく知りたいって。それだけでも大変なことじゃない？　ハリーがパパ・グレゴリーを説得してくれたのよ、わたし、びっくりしちゃった」

「きみの兄さんが？　ミッキー、きみが兄さん思いなのはよくわかっているけれど、ぼくとしては信じられないと言わざるをえないな。弁護士を信用しちゃいかん——ぼくのおやじの口ぐせだったよ」

「ハリーなら、絶対、信用できるわ。昔から、約束はちゃんと守る人なの。でも電話したのはそのことじゃないのよ、ジョージ。もしあなたの具合がよくなってたら、明日からでも始めたいの。この家で、内々の夕食会を開くの。父、ハリー、わたし、それにスー・エレンも呼ぼうかと思うんだけど」

「あのちっちゃな男たらしかい？」

「ハリーのためよ。わたし、考えていることがあるの」

「明日は困るな。鼻が詰まってるんだ。週末にのばせない？」

「あの……のばしたくはないんだけど。いいわ……土曜日の夕方は？」

「いいよ。六時なんだろう？」

「ええ。パパ・グレゴリーの食事時間に合わせなきゃ。来てくださる？」

「もちろん行くよ」

「愛してるわ、ジョージ」

「もちろん、そのはずさ」

ジョージは電話を切り、ミシェルは夢心地で台所に入った。ジョージほどハンサムな男性はいないわ。もし彼が夢の中の例の男性なら、わたしたち、すばらしい結婚生活を送れるわ！　でも変ね、ジョージはわたしを愛しているって一度も言ったことがないわ。でも、愛してるに決まってるじゃない。愛していなかったら、プロポーズするはずないもの。

三十分後、ゴムボートがゆっくり戻ってくるのが台所の窓から見えた。ハリーが父親に手を貸していっしょに船着き場に降り立った。ふたりともつりざおを手に笑っているところを見ると、冗談を言い合っているのだろう。

「おまえ、信じられるかい？」パパ・グレゴリーが皮肉なユーモアをこめて言った。「ふたりがかりで獲物はゼロだ」

「雑魚一匹もつれなかったの？」ミシェルはハリーの前に立ちはだかり、顔いっぱいに笑いを浮かべてからかった。

「雑魚一匹もだ。そんなにうれしそうな顔をするな」

「わたしが？　すてきな鱒を当てにしてたのよ。今夜の夕食はどうするの？」

「それは悪かったな。シャワーを浴びてくる」

パパ・グレゴリーはミシェルの肩を抱き、足音も荒く階段を上るハリーを見送った。ミシェルはくすくす笑った。

「兄さんたら、つりざおまでほうりっぱなしよ」

「気をつけろよ、ミッキー、兄さんはご機嫌斜めなんだ。おまえはやりすぎるくせがあるからね」

「わかってます。パパもシャワーを浴びたほうがいいわ。お夕食は、そうね、三十分後かしら？」

六時には父子は階下に下りていた。ハリーはスコッチのオン・ザ・ロック、パパ・グレゴリーはまずそうにミルクを飲んでいた。台所に戻りながら、ミシェルはふたりに笑いかけた。

「急いでくれよ」ハリーが言った。「古靴でも食べられそうだ」

「すてきなアイディアね。古靴があるかどうか、台所を探してみるわ」ミシェルはしかめっつらをしてみせた。ハリーはおしりをぶとうとしたけれど、彼女は長年の経験から、ひと足先に飛びのいていた。

小さなディナー・ベルを鳴らすと、男性ふたりが食堂に入ってきた。ミシェルはパパ・グレゴリーにステーキを、ハリーには蓋（ふた）つきの料理を出した。

「兄さんには特別料理よ」くすくす笑いながら言い添える。ハリーは疑わしげにミシェルを見上げた。

「何を企（たくら）んでる？」

「何も。ただ、兄さんの魚を当てにしてたから、計画が狂っちゃったのよ。運よく兄さんがいいアイディアを思いついてくれたから。召し上がれ、体にいいわよ」

「見たいかどうかもわからなくなってきたな」ハリーは蓋の持ち手に手をかけながら言った。「突然、空腹じゃなくなったみたいでもあるし……」

「熱いうちに食べたほうがいいぞ」パパ・グレゴリーも忠告する。「本当に柔らかい肉だな、ミッキー。買い物が上手なんだよ、ハリー。うまい料理の半分は仕入れによるからな。おまえのは何だい……」

ハリーはやっと勇気を奮い起こして蓋を取った。「おい、この……」ひと声ほえると席を立とうとする。

ミシェルは笑ってパパ・グレゴリーの後ろに逃げた。皿の上では小さな鰯が二匹、頭を突き合わせてハリーをにらんでいた。

「思い知らせてやる」

ハリーはテーブルをまわる。パパ・グレゴリーは笑いすぎて頼りにならないとわかると、ミシェルはぱっと逃げ出した。食堂のドアをばたんと閉め、階段を二段ずつかけ上って自分の部屋に飛びこみ、ドアを閉めて鍵をかけた。

ハリーがどんどんとドアをたたき、ミシェルは笑いの発作に襲われて、涙が出るまで笑い転げた。ハリーがほえる。

「おい、ぼくを部屋に入れたほうがいいぞ」

「もちろんよ、十三日の金曜日にね。それまではだめ。甘い言葉にはだまされないわよ、ハリー・バターワース」

「ばらばらに引き裂いてやるからな」

「優しい言葉ね。もっと聞かせて！」

いつもならこの調子で十分間はつづく口げんかが、ぱたっととだえた。といって、ハリーの歩み去る足音が聞こえたわけでもない。罠だわ。でも、パパをひとり置き去りにしてきたことも気がかりだし……ミシェルはドアに耳を当てた。

聞こえてくるのは階下のホールの時計の音ばかり。ミシェルは用心深く全身を耳にしてドアの鍵をあけ、もう一度、何の物音も聞こえてこないことをたしかめてから、そっとドアを内側に引き、首を出して左右をうかがった。

電気をつけていなかったので、二階の廊下は暗かった。だが、誰もいる気配はない。ミシェルは満面に笑みを浮かべて、爪先立ちで階段に向かった。ところが、手すりに手をかけたとたん、だしぬけにハリーの手がその手を押さえた。

「まあ、びっくりするじゃないの！」

「それだけではすまないぞ」ハリーはミシェルを暗闇の中に引き戻した。「ひと言多すぎたかわいい娘がどんな目に遭うか、覚悟はできてるんだろうな？」

「いやよ、何の覚悟?」

ハリーは力まかせにミシェルを抱きしめ、火のようなキスをした。その夜、ミシェルはまた、あの悪夢を見た。いままで以上に狂おしくみだらな夢だった。

5

雨が山々を煙らせ、湖の波を打ち、夏木立をぬらす。狂った週末にふさわしいお天気だわ——ミシェルは音楽室にひとり座って考えた。

音楽室というのは母の命名で、もともとは花でいっぱいの温室だったのだが、いまは真ん中にぽつんとピアノが置いてあるだけだ。

ガラス張りの部屋だから、まるで戸外で演奏しているような気分になる。週二回、レッスンを受けてきたのだけれど、十六歳の誕生日に、演奏家となる夢は捨てた。ボールドウィンのグランドピアノは、その時パパ・グレゴリーが愛をこめて贈ってくれたものだ。

夢は遠い過去のものとなったけれど、いまでも悩みがあると、ここに来る。指はショパンの練習曲を弾いていたが、心はそこになかった。

スー・エレンを客に迎えた夕食会は、完全な失敗だった。世慣れているはずのスー・エレンが、ハリーの前では恥ずかしがり屋になってしまったせいだ。ハリーに圧倒されたのかしら？

でも、おかしな話。ハリーは見苦しくはないけれど、ハンサムとは言えないわ。眉は濃すぎるし、髪はもじゃもじゃで、男っぽすぎるもの……。

「それは盗作だな」

背後から響きのいい声が聞こえ、ミシェルはぎょっとして振り向いた。

「兄さん……」

「そのとおり。びっくりしただろう？　でも盗作はよくないな。ショパンも喜ぶまい」

「わたし、作曲してたんじゃありません」ミシェルはひざに手を置いた。「今日は何の用があっていらしたの？」

「どうしたんだ？　おはよう、兄さんて、明るく挨拶できないのか？　そういえば、この二日ほどきみの顔を見てないが、ぼくを避けていたんじゃないだろうね？」

「そうかもしれないわよ。それも当然でしょう、水曜日の夜の兄さんのやり口ときたら……」

「やり口だって？　きみの友だちのスーに愛想よくしようとしたぼくの努力を、きみはそんなふうに言うのか？」

「スー・エレンよ。彼女、スーって呼ばれるのが大嫌いなの」

「あ、そう、スー・エレンね。万一、また会った時のために覚えておかなきゃ」

「よしてよ、ハリー」ミシェルはうめいた。「わたしはただ力になろうとしてるだけなの

よ。スー・エレンなら、兄さんのすてきな奥さんになるわ。兄さんの好みは、兄さんより
わたしのほうがよく知っているんですからね」
「本当かい？」
「ええ。わたしがほっといたら、兄さんはヴェロニカ・アームスティッドみたいなタイプ
に引っかかるに決まってます」
「それに気づかなかったとはな。彼女は最低のくずなんだから」
「まあ、そんな！　だめよ、ハリー。ぼくは、明日の夕食にヴェロニカを呼んじまったよ」
「おやおや、土曜日の夕食に客がひとり加わるのが、そんなに大変なのか？　もしそうな
ら、ぼくがピザを仕入れてきてもいいよ」
「そうじゃないの。明日の夜にはジョージを呼んであるんだもの。いままで病気だったか
ら、明日の夜こそパパと話し合うチャンスなのよ……」
「やっと読めてきたぞ。ぼくは礼儀がなってないから、事をひっくり返すと思っているん
だな。最高に礼儀正しくすると誓うよ、魂にかけて」
ハリーは白いセーターの胸に片手を当てている——去年、ミシェルが編んでプレゼント
したセーターだ。ミシェルは椅子を引いて立ち上がった。
「兄さんのお行儀を心配してるんじゃないの。道化を演じさえしなければ、兄さんは誰に
も負けないほど礼儀正しいわ。実際、スー・エレンを怖がらせたくらいですものね」

「怖がらせただって？　ただ、ここに連れ出して踊っただけじゃないか。きみさえピアノを弾くのをあんなにいやがりさえしなければ、ひと晩じゅう声を荒らげることもなかったんだぞ」

「それじゃ、わたしのせいだとでも言うつもり？　兄さんがスー・エレンをハーレムの女奴隷みたいにここに引きずり出して、わたしにピアノを弾けって命令したのも、わたしのせいかしら？　ノン・ストップで二時間もよ！　ついでにきくけど、わたしのこと、何だと思ってるの？　手首が痛くて、あの夜はまんじりともできなかったわ。それに兄さんときたら、人形みたいにスー・エレンをぐるぐるまわすばかり。わたしが何を弾いてもワルツを踊るんだもの。しかも、あとでスー・エレンを家に送る礼儀さえ守らなかったわ」

「なぜぼくが送らなきゃいけないんだ？　きみが送っていったじゃないか。本当はぼくに送ってほしかったのかな？」

ミシェルは肩を落とした。

「違うでしょうね。スー・エレンは息が切れて、家に帰るまでひと言も口をきかなかったもの」

ハリーはくすくす笑った。

「その言葉を待っていたんだよ。あの子、何て言った？」

「スー・エレンはミラーズ・ギャップ村でいちばんの親友なのに……さよならって」

「短くて要を得てる。あの子の頭でも、忘れやしないだろう。きみがほかの手を考え出すまで、さよならってわけだ」

「さよなら——それだけよ。スー・エレンはあの夜のうちにオールバニーまで車を飛ばして、つぎの日いちばんの飛行機でアラバマに帰ってしまったもの。まさに卑劣よ、ハリー・バターワース」

ハリーは苦笑を浮かべてピアノの前に座り、一つ二つ、メロディーを弾いた。ミシェルは苦々しげに言った。

「兄さんはすごい音楽家ね」

「おい、ぼくは弁護士だぞ。音楽を勉強する時間はなかった……本当に傷ついたのか？　きみの親友を追い払ったことだけど」

「いい気持はしなかったわね。わたしにはたくさん友だちがいるわけじゃないから、ひとりでも失いたくないの」

「すまなかったと言っても、気は晴れないか？」

「晴れるものですか。兄さんのこと、知りすぎてるもの。いくらでもすらすらと〝すまなかった〟と言えるけど、絶対に〝すまなかった〟と思えないくせに」

「でも、本当にすまないと思ってるよ。きみにはわからないかもしれないが、きみの幸福はぼくにとってとても大切なんだから」

「そうでしょうとも。わたしの友だちを笑い物にし、わたしには廊下で……あんなことをして、いつだってわたしをからかってばかり。学校でちゃんと教わったはずよ——問題は何を言うかじゃなくて、何をするかだって」

ハリーはまたいくつかメロディーを弾いた。ミシェルはぶるっと震えた。兄との関係はジェットコースターと同じだった。上がったと思うと、つぎの瞬間には下がっている。しかし、いまはそこに恐れがあった。ミシェルの小さな世界での自信を揺るがす何かがあった。まるで卵の中のひな鳥のよう——外の世界に出ると、すべてがまったく違っているのではないか。兄妹が残酷に傷つけ合い、友情は消え、本当の敵意だけがある世界。

ミシェルは逃げ出して泣きたかったが、足が動いてくれなかった。

「あのね、ぼくは昨日、ミラーズ・ギャップ村でしばらく遊んできたんだが……宿で何杯かビールを飲んだり、ボーリング場で二ゲームほどしたり……村で昔話がむし返されてるのを聞いたら、きみもきっと驚いたと思うよ」

「あら、そう？」

「そうとも。誰かこの地方の歴史を調べているらしくてね、ぼくと顔を合わせた人間は皆、デヴリンの財宝の話をしたがるんだな」

「まさか、そんな！　昔の夢物語をいまごろになってむし返すなんて」

「そう。信じられないだろうが、細かい話まで聞いてまわっているらしいぞ——きみのお祖父さんは州北部一の金持で、オールバニーから州境までの土地の半分は持っていたってさ」

「そんなの嘘よ！」

「信じてる連中もいるんだよ。きみのお祖父さんはニューヨーク一の詐欺師で、ナイアガラの滝の株を売るのであんなに忙しくしていなかったら、ブルックリン橋だって売り飛ばせたんじゃないかって言われている男だからね」

「やめて、お願い、ハリー。わたしは会ったことがないけど、母は祖父をとても愛していたわ。そんなに悪い人だったはずはないもの」

「わかってるさ。悪賢い老人には違いないが、ぼくも責める気にはなれないな。でも、噂はいまだに生きている。ぼくの聞いた話では、ある作家がきみのお祖父さんのことを本に書こうとして、方々で聞きこみをしているらしいよ」

「聞きこみって？　どんなことを？」

「たとえば、老人の遺産は誰が相続したのか……」

「ばかばかしい。相続人は母だけど、本当にたいした遺産ではなかったのに。兄さんだって知ってるでしょう？」

「うん。でもね、ほかの誰も知らないんだよ、ミッキー」

「だからって、どうだというの？　兄さんがこの話を持ち出した理由もわからないわね。

わたしはそろそろ家事に戻ったほうがよさそう」

「それがもう一つの問題なんだな。いくらでも人を雇う経済的余裕はあるのに、どうしてきみがほうきを手に家じゅうを走りまわらなきゃならないのか、ぼくにはさっぱりわからないよ」

「兄さんにわからないことは、いくらでもあるのよ。ここは大都市と違って、家事に雇われたい人の数は多くはないの。それに、いったい何だってそんなことを気にするの？　わたしはパパの家政婦。弁護士の兄さんがわたしの家事のやり方にまで口をはさまないでいただきたいわ！」

　ミシェルは足音も荒く音楽室を出ていこうとした。だが、防音装置が施されている二重ドアのところでハリーに追いつかれてしまった。開けようとするドアを肩ごしに押さえられて、ミシェルは腹立ちのあまり足を踏み鳴らした。

「それじゃ、ぼくが夕食にガールフレンドを連れてきてもいいんだね？」

「わたしならかまわないわ。一ダースほど連れてきて乱痴気騒ぎをなさい！」

「面白そうだな」

　ハリーはくすくす笑い、ドアを押さえていた手を離した。

　土曜日の朝には雨も上がり、ミシェルの気分もよくなっていた。ジョージに電話をかけ、マグレガー・モルト・ショップで待ち合わせることにする。パパ・グレゴリーとの顔合わせを成功させるためには、よく打ち合わせておかなくては。

マグレガーの店はパビリオンよりも古い。ミシェルは九時に、奥の隅のテーブルについた。九時半に現れたジョージを、立ち上がって迎えに出た。

「まあ、ジョージ！」

ギリシア風の美貌も右眉の上のバンドエイドでそこなわれていた。いつものように最高級のカジュアルウェア姿で、明るい金髪を額に垂らして打ち身の跡を隠している。歩き方も、まだぎこちない。

ミシェルは耐えられなくなって、両腕をジョージの首に巻きつけると、背伸びして頬にキスした。ジョージが照れることはわかっていたけれど。

「こんなところでよせよ、ミシェル。皆が見てるじゃないか」

「誰が気にするものですか。ほら、見て」くすくす笑って左手を差し出す。「婚約指輪、昼も夜もつけてるのよ、ジョージ！」

ミシェルはジョージの腕を取り、座席に戻った。ジョージは首が痛いと言い、腰をおちつけるのにずいぶん手間取った。ミシェルは自分に言い聞かせた――がまんなさい。今日はなぜ、そんなにぴりぴりしてるの？

ミシェルはふたり分の注文をした――自分にはコーヒーのお代わりとドーナツを、ジョージには朝食のセットを。もう習慣になっていることだった。ジョージは気を配ってあげると、いっそうハンサムになるような気がする。

「ねえ、ジョージ、今夜は俳優になったつもりで演技してね。パパ・グレゴリーの好みは……」

二十五分間にわたって講義はつづき、ジョージはのみこみが早かった。俳優にだってなれるわ。でも、本を書くという大望があって、いまは不動産を扱っていて……。

ミシェルが企(たくら)んだ筋書きを半分ほど説明した時、ジョージが口をはさんだ。

「あの家だけど、きみのお父さんの持ち物かい？」

「父じゃなくて、義理の父よ。いいえ、パパ・グレゴリーのじゃないわ、知らなかったの？　あの家とまわりの六エーカーの土地はデヴリン家の財産の一部なの」

「デヴリン家の財産のこと、話してくれよ。町じゅうで噂してるぞ」

「いまはだめよ、ジョージ、お願い……」ただの笑い話よと言い添えようとして、ジョージの言葉にさえぎられた。

「きみの兄さんがぼくの従妹(いとこ)とやってくる。何を企んでるときみは思う？」

「わたしをへこませることよ。でも、何を企んでるにしろ、うまくいきっこないわ」

「まあ、きみの言うとおりだろうな。ねえ、きみの兄さんとは話をしたくないんだよ。裏口からこっそり逃げ出すからね」

「でも、今夜は来なくちゃだめよ」

「彼もいるのか?」

「もちろんよ、あなたの従妹も連れてくるわ。でも、ジョージ、どうしても来なくちゃだめよ。このところ、わたしたち、めったにいっしょに過ごせないんだもの」

「それも長いことじゃないさ。きみの誕生日はいつだっけ?」

「来月の十日。三週間後よ」

「カレンダーにしるしをつけておけよ、その日が結婚式だから」

ジョージは大見得を切ると、立ち上がってミシェルの手をぎゅっと握り、裏口に向かった。ウエイトレスのメイジーが伝票を持ってくる。

「またあなたが払うの、ミッキー?」

「もちろんよ。ジョージはまだ一本立ちしていないんだもの」

「そうね」ミシェルより年上のウエイトレスが言った。「わたしも知ってるわ。どうもありがとう」

ミシェルは店を出てさっと隠れたつもりでいたけれど、ハリーがヴェロニカを引き連れて大声で呼びかけてきた。ミシェルは向きなおり、びっくりした顔をしてみせようとした。

「気がつかなかったわ、ハリー。おはよう」

朝の挨拶はヴェロニカに対してだが、どこかよそよそしくなってしまう。この人は好きになれないわ。ハリーには向かないのに、蛭のようにくっついたら離れないタイプだもの！

「いまヴェロニカに話してたところなんだよ、きみの今夜の料理は格別だろうって。きみがどんなに有能なシェフか、皆、知らないみたいだからね」

　女性ふたりにほほえみかけるハリーは、まるで人食い人種にグルメのための料理を説明しているようだった。ヴェロニカも言葉を添えた。

「ミッキーはめったに遊び歩かないもの、誰も深くは知らないわ。シャイなタイプね――もちろんジョージに対しては別だけど。あなたは夢にも思わないでしょうね、ハリー？　恋人たちにいちゃつく時間をあげるために、何度わたしは家に帰るのを遅らせたことか！」甲高い声で笑う。

　ミシェルにはひどく不自然に聞こえる笑いだった。それに、何を企んでいるのかしら？　わたしはジョージの家へなんか一度も行ったことないのに。でも、苦虫を噛みつぶしたみたいな顔のハリーに教えることもないけれど！

「わたしはシェフじゃなくて、ただの料理人よ。でも、今夜の夕食はたしかに特別料理ね」

　もう十時なのに、本当はまだ献立も決めていないくせに！　でも、スーパーマーケットに行くと言って、ふたりを振りきることはできた。店には珍しい品といえば、岩みたいに凍ったコーニッシュ雌鳥しかなかったが。

ミシェルは急いで家に帰り、夕食の準備にかかった。雌鳥は午後一時には柔らかくなったけれど、詰め物に思ったより手間取ってしまった。パパ・グレゴリーに低カロリーの昼食も出さなければならない。ありがたいことに、ハリーは帰宅しなかった。

夏の暑い日に火を使う料理を五時までして、いよいよデザートというところで気力がつきた。インスタントのチョコレート・ムースをホイップして冷凍庫に入れると、ミシェルはバスルームに急いだ。

泡の中に体を沈めていると、家が活気づいてくるのがわかった。ハリーがバスルームのドアをがちゃがちゃいわせ、鍵がかかっているとわかって、ノックをはじめた。

「出ろよ、ミッキー！　きみにはたいして洗うとこなんかありゃしないじゃないか。ぐずぐずするな。ぼくだってシャワーを浴びて、ひげを剃らなきゃならないんだからな」

「たいして洗うところはないですって？　そりゃあまあ、スー・エレンほどじゃないけど、ジョージに言わせると〝すてきにかわいく〟肉はついてるんですからね。でもジョージはほめるつもりで言ったのかしら？

「ずいぶんよく知ってるのね、ハリー・バターワース。その気になったら出るわ！」

ハリーが二度こぶしでドアをたたくと、不意にミシェルの気も変わった。

「わかったわよ、いま出るわ！」やっと浴槽から出たところへ、ドアがまたどしんと音をたてて震える。「いま出るって言ったでしょう!」髪をまとめる暇も、鏡をゆっくり見る暇もなかった。お湯を流し、手早くバスタオルを体に巻く。

いまいましい〝熊〟は一歩下がってミシェルを通した。

「ぬれ鼠そっくりだな。それに何たるあと始末だ――お母さんにこんなふうに教わったのか?」

「違うわ。兄さんから教わったのよ」

「ぼくの行儀のよさを当てにするな」ハリーは、廊下をかけていくミシェルの背中にどなった。「ぼくだって下劣になれるんだからな!」

「それなら、別に新しいことでもないでしょ」

ぶつぶつ言いながら自分の部屋に戻り、ミシェルはぐったりとベッドに倒れこんだ。三分ほどすると、口もとに笑いが浮かんだ。ハリーとはいつもこんなふうだったわね。

パパ・グレゴリーも初めは文句を言ったけれど、ママは気にしないでと言ったものだ――あれで、お互いのことを、大切に思っているんですからって。

そのとおりよ。ミシェルは自分でも認めて、起き上がり、体をふいた。ハリーみたいな男性と長年いっしょに暮らすなんて、よっぽど愛情がないとできるものですか。

その逆も言えるわね。ミシェルはくすくす笑い、いつものブラッシングにかかった。ジョージと結婚したら短くしようかしら? いまはむり。ハリーが怒るに決まってるもの!

服装は別に問題ない。パパにいい印象を与えればいいだけだから、おとなしいデザインのドレスにしよう――ハイネックでレースの襟もと、半袖、ひざまでの長さのスカート。ごく淡い黄色だから、赤い髪を引きたててくれるはずよ。

フォーマルな夕食会じゃないけれど、品よくいかなくちゃ。髪はゆるく編んで、左肩から前に垂らす。ハイヒールをはきたいところだが、給仕も務めることを考えれば、かかとの低い靴にするしかない。

階下に下り、エプロンをかけて、雌鳥の仕上がりをたしかめ、チョコレート・ムースの固まり方を確認した。海老のカクテルを各人ごとに盛りつけてから、食卓のセッティングにかかった。

食器はいちばんいいものを使おう。ノリタケの陶器、純銀のナイフにフォーク、燭台二つ。そのあと台所に戻って料理を給仕用ワゴンにのせ、やっとエプロンをはずした。父子が居間で話しているのが聞こえてくる。法律の話、株式市場の話、テロ――まるで勉強会ね。玄関のベルが鳴り、ハリーが客を迎え入れた。十分ほどしてミシェルも出ていった――おちついて、だがほんのり頬を染めて。

皆は居間でくつろいで座っていた。ハリーが席を立ったものだから、ジョージもちょっとためらったあとで立ち上がった。パパ・グレゴリーは家長の権利を主張するように、座ったまま笑いかけた。

「ミシェルもたいしたものだろう？　午後いっぱい働きづめだったとはとても思えない」

ハリーがぐいと眉を上げて笑う。ミシェルはヴェロニカにうなずいてみせて、ジョージに歩み寄ると、抱擁を受け、頬にキスを返した。男たちは椅子に座って会話のつづきにかかり、ミシェルはジョージの椅子の肘かけに腰をかけた。

「問題はただ一つ」ジョージが言う。「このあたりの土地を開発すれば誰もが何百万ドルもの金を手に入れられるのに、法律で禁止されていることですよ。何百万ドルもの金ですよ」

「そして、この州に残された唯一の自然を失うのかい？」ハリーが切り返した。「何百万の人間にとって、この公園は、アメリカの自然が残るただ一つの場所なんだよ」

「この家だってそうです。これだけの敷地があれば最少の工事で十五軒は家が建つ。あなたは金鉱の上に座ってるようなものなんですよ、バターワース判事」

「わたしじゃなくてミシェルだよ。この家も敷地も、すべてデヴリン家の財産で、ミシェルは唯一の相続人なんだから」

「ということは」ジョージが身を乗り出す。「つまり、すべては……」

「そのとおり。母親の遺言でデヴリンの財宝はすべてミシェルのものなんだ。もちろん多少の付帯条件はついているがね」

「よしてちょうだい」ミシェルはくすくす笑った。もちろん、誰もがジョークとわかっているんでしょうね？　家と敷地はまあ財産と言えるけれど。それ以外に有名なデヴリンの財宝があるとすれば、純銀のパンチ用レードル一個だけ。塩入れにいたってははたして銀製かどうか。

「ミッキーは知られたがらないんだよ、本物の女相続人だからね」ハリーまでが重々しく言い添える。「もちろん、この土地では誰知らぬものはない話だから、きみも聞いたことがあるだろう、アームスティッド？」

「聞かないでいるほうがむりってものでしょう。それなのに、誰もくわしいことは知らないんです。付帯条件というのは？」

一瞬の間をヴェロニカがとらえた。

「わたしも飲み物をいただきたいわ。すっかり興奮して、喉がからからよ」

ミシェルはぱっと立ち上がった。

「ごめんなさい、うっかりしていて……何をお飲みになる？」

「ぼくがつくろう」

ハリーも立ち上がり、のんびりと酒の入っているマホガニーの戸棚に歩み寄った。

「わたし、氷を取ってきます」

ミシェルはあわてて台所からアイスバケットを持ってきてハリーに手渡し、また台所に戻って、パパ・グレゴリーと自分のためにアイスティーをつくった。居間に戻ると、ハリーが乾杯を提案しているところだった。

「デヴリンの財宝に」

ジョージは振り向いて、ミシェルのカップにグラスを合わせ、そっとささやいた。

「ぼくらふたりに」

ミシェルも微笑を返したものの、当惑が消えたわけではなかった。ヴェロニカが赤いマニキュアの爪でグラスをたたきながらうながす。

「でも、付帯条件については、まだひと言も伺ってませんわ」

「単純しごくですよ」パパ・グレゴリーが判事の口調で答えた。「すべてはミシェルが二十五歳の誕生日に相続する」

「二十五歳ですね?」ジョージが念を押す。

「二十五歳です」パパ・グレゴリーが答え、にっこり笑ってカップからひと口飲んだ。

何のお芝居かしら? ミシェルは心の中でつぶやいた。パパはアイスティーが大嫌いなくせに、まるで最高のブランデーを味わってるみたいじゃないの。

ハリーだってお芝居をしてるわね。父子で何を企んでいるのかしら? そう思ったからって、わたしが家族に忠実じゃないことにはならないわ。ハリーみたいな兄さんを持てば、誰だって疑い深くなるはずですもの!

「そうそう、ただし書もついてるよ」ハリーがのんびり言い添えて、グラスの酒をぐるぐるまわした。パパ・グレゴリーはジョージを見つめていた。「ミシェルが後見人の同意を得て結婚した場合、二十一歳の誕生日を過ぎていれば、二十五歳の誕生日に達していなくても、相続はただちに完了する」

「それを思い出していただいてよかった」ジョージはそう言い、従妹が靴先でそっとつつくのも無視して、あとをつづけた。「今夜はお願いがあって来たんです。皆さんもご存じとは思いますが、ミッキーとぼくは彼女の誕生日に結婚したいんです。同意をお願いします、判事」

「そうですか」パパ・グレゴリーは笑顔で立ち上がった。「賞賛すべき野心だが、残念ながらわたしには何のかかわりもない。ミシェルの後見人はハリーだから、そちらに頼んでみたらどうかな？　それはさておき、夕食にかかるとしよう」

6

日曜日の午後四時、ミシェルは湖から上がるとすぐ、タオルのローブにくるまった。湖での水泳は強い日ざしを必要とする。まして金曜、土曜とつづいた雨のせいで、湖水は冷たかった。

しかし運動は心と体の緊張をほぐしてくれる。ミシェルは元気を取り戻した。パパ・グレゴリーはいつもの昼寝(シエスタ)で、ハリーはベランダのぶらんこで新聞を読むふりをしながら眠っていた。

ミシェルははだしのままハリーに歩み寄った。今日は口をきいてあげる――そんな値打ちはないけれど、愛想よくしてあげるわね。悪い予感がしたのか、ハリーは片目を開けた。

「ミッキーかい?」

「兄さんに愛想よくしてあげることにしたの」

ハリーはゆっくり上体を起こした。ミシェルの言葉をありのままに――宣戦布告と、受け取ったようだ。両足をベランダの床に下ろした。

「愛想よくね。そいつはお優しいことだ。何の理由で、そんなに愛想よくしてもらえるのかな?」

「兄さんには愛想よくされる値打ちはないわ。わたしが生まれつき愛想がいいってだけのことよ」

「ぼくは愛想がよくない、そう言いたいのか? それにしても何て水着を着てるんだ」

「もう何年も着てるから……」

「言われなくてもわかるさ。きみはその黒い水着を買った時より、ずいぶん肉がついてるんだぞ」ハリーは笑い、ミシェルは地団太を踏んだ。

「わたしを笑い物にするなんて許せないわ、ハリー・バターワース。それに、話題を変えたりしないで。兄さんて愛想よくするかいのない人ね!」

「そうかもしれない。いいだろう、ミッキー、そうしておけよ。で、ぼくがどんなひどいことをしたというんだ?」

「わたしのディナーパーティーを台なしにしたじゃないの! 兄さんなんか大嫌い。ひと晩じゅう、兄さんを呪ってたのよ——兄さんもまんじりともできないようにって」

「それじゃそのせいか。たしかにまんじりともできなかったよ。ぼくはまた、雌鳥の詰め物のせいかと思っていたんだが」

「詰め物には何も問題はないはずよ。よくもそんなこと言えるわね!」

「わかってる。まあここに座れよ、ミッキー。とことん話し合おう」ハリーは隣のクッションを軽くたたいた。「まず、いやな空気を吹き払うために言わせてくれ。夕食は海老のカクテルからチョコレート・ムースまで完璧だった。きみはいい奥さんになれるよ、ミッキー」

「夕食の時みたいにジョージをあしらいつづけたら、そうはなれっこないじゃないの。よくもあんなことができたわね、ハリー」

「別に努力してそうしたわけじゃないが……だって考えてもみろよ、ぼくがそんなにひどいことを、ひと言でも言ったかい？　ぼくがしたのは、きみの恋人に話をさせることだけだ——それがおやじの望みでもあったからね」

「そうね、兄さんはさんざんけしかけてくれたもの。この土地を開発するとか、法律を改正するとかしゃべらせて。ジョージはパパがこの州の環境保全連盟の議長だってことも知らなかったのよ！」

「でも、それをきみのジョージは話したがって、ぼくは相づちを打っただけだぞ……それに、彼の酸性雨に関する仮説はでたらめだった」

「ジョージは科学者じゃなくて……」

「何なんだい？　教えてくれるとありがたいな。三時間も話していて、何者なのか見当もつかなかった」

「作家よ。いつか有名になるわ」

「ほう？　きみ、彼の本を読んだのかい？」

「あの……読んではいないけど。完成するまで誰にも読ませたくないんですって。でも、すばらしい本になることが、わたしにはわかるの。それよりデヴリンの財宝ってナンセンスは何よ！　たいした値打ちはないことぐらい、兄さんだってよく知ってるくせに」

「きみが考えてるより値打ちはあるんだぞ、ミッキー。たしかに土地の開発はできないが、この州では地価はうなぎ上りだからね、ここを売れば相当の金が入る。少なくとも数十万ドルにはなるよ」

「そんなにも？　こんなに古い家なのに？」

「信じたほうがいいな。それにあの塩入れがある。ぼくは前から目をつけているんだよ。いまは真っ黒だが、磨けば絶対、チェリーニの作だとわかると信じているんだ」

横目でハリーを見やると、ひどくまじめな顔つきだけれど、目の奥がいたずらっぽくきらめいていた。

「ハリーったら、どうしようもない人ね！　チェリーニですって？　人をかつぐのもいいかげんにして」

怒りも吹き飛んでしまい、ミシェルは両手でハリーの腕にぶら下がるようにして、頭を肩にもたせかけた。

「どうやら許してくれたらしいな」

「そんな値打ちはないんだけど、許してあげるわ。わたし、ジョージのことはわからないの」

「ぼくだってわからないが、きみがわからないっていうのはどういうことだ？」

「そんなふうに言わないでほしいわ。少なくともジョージが兄さんを許すかどうかわからないわね、ばかな話をするように仕向けたりして。ジョージの従妹でさえ、テーブルの下でジョージの足を蹴ってたもの。何とか黙らせようとしていたんだと思うわ」

「それでも、少しは考えてみようって気持にはならないかい？」

「わたしが大金持だったら考えてみるでしょうけど、そうじゃないもの。ジョージはわたしそのものを愛しているし、その点はわたしも同じ。いまさら気持を変えさせようとしても無駄よ、ハリー」

「もちろん、そうだろう。でも、もしきみが大金を持っているとしたら、その時はどうなる？」

「そんなことにはなりそうにないもの。そんな心配は必要ないわ」ミシェルは笑った。ハリーは遠くを見ながら、言葉を継ぐ。

「おやじがぼくを呼んだ理由は二つあるんだ――きみに手術のことを話す件、そして自分の遺言書をつくる件だよ」

ぶらんこが三、四度揺れ、やっとミシェルにもその言葉の意味がわかった。

「遺言書ですって?」

「そんなにびっくりするなよ、おやじはまだ元気さ、ミッキー。ただ、物事をきちんとしたい性格だから、何もかも決めておきたいだけなんだ。前の遺言書では相続人はお母さんだった」

「でもハリー……わたし、弁護士じゃないけど、兄さんがパパの遺言書をつくれないことぐらい知ってるわ。だって兄さんは……」

「受益者だから? そのとおり、もしそうならね。ぼくがボストンでオフィスをかまえた時、おやじはぼくの相続分をくれたんだよ、いまのほうがあとより必要だろうからってね。従って、残りの財産はすべて娘に遺贈される」

「でもハリー、娘なんてパパにはいないわ」

「いるとも、ミッキー――きみさ!」

「だめよ、ハリー、そんなことさせられないわ。昔、パパはわたしを養子にするとか言ってたけれど、ママがわたしに決めさせたいと言って、そのままになったはずよ」

「遺言書を変えるのは手遅れだな。ぼくは今日の午後、村から証人をふたり連れてきて、署名と封印をすませたから」

「ハリー、自分が何をしたかわかってるの? パパはお金持だと思うし……」

「大金持と言うべきだろうね」

「だって、わからないの、ハリー？　あなたたちったら、父子そろって！　それじゃわたし、疑わなきゃならなくなるじゃないの——誰にしろ、わたしを好きなのか、ただ財産を好きなだけなのかって！　何てことするの、ハリー。すべて、兄さんがそうするように仕向けたのね、違う？　ただ、わたしに疑いを持たせようと思って……でも、ジョージは知らないことなんだから……」

「きみが話さない限りはね、ミッキー」

声の調子が変わったので、ミシェルはハリーの顔を見上げた。彼は口をへの字に曲げ、目からはきらめきが消えていた。ミシェルの手をもてあそび、やっと顔を向けた。

「すまない、ミッキー。きみのためにと思ってずいぶんいろいろなことをしようとしてきたが、まちがってたよ。この間きみも言ってたとおり、きみにはきみなりの幸福を選ぶ権利がある。すまない。ぼくは傲慢で、卑劣で、支配的で……」

「兄さん、本当の兄さんはそうじゃないわ……まあ、いつもそうってわけじゃないわよ」

ミシェルはまた、ハリーの肩に頭をのせた。「でも、とっても変な気持なの。まるでまわりの世界ががらりと変わってしまうみたいで、少し怖いのよ。わたし、完全にバターワース家の子供ってわけじゃないし、あと何週間かでデヴリン家の人間でもなくなってしまうの。怖いのも当然かしら？」

「当然だと思うよ」ハリーはミシェルを抱き寄せた。「男性より女性にとってのほうが、はるかに自分は何者かという問題は大きいだろうね。でも気を落とすことはないぞ、ミッキー。何が起きようと、きみはバターワース家の人間なんだ――いままでもそうだったようにね。ほら、ぼくの言うとおりだって、ベルも鳴ってるだろう?」

「ばかね、電話じゃないの。兄さんが出て。わたし、この格好じゃ肺炎にかかってしまうわ」

ミシェルは乱暴にハリーを押しやった。ハリーはうなってみせたけれど、笑って歩み去った。ほんのいくつかの言葉で慰められるなんて、身内ってすてきね!　ミシェルは微笑を浮かべて、ゆっくりと二階に上がっていった。

シャワーを浴び、古いローブに体を包んで自分の部屋に戻る。洗った髪はタオルで巻いてあった。ばたんとドアが開いて、ハリーが入ってきた。

「この国では、ノックのあと〝どうぞ〟と言われるまで外で待つことになってるのよ」

「何か忘れてることなら気がついてたさ」ハリーはくすくす笑った。「さあ、手伝ってやろう。ドライヤーはどこだ?」

ミシェルは〝ターバン〟をほどいて上体を後ろにそらした。昔の習慣がよみがえる。というより、取り引きの条件だ。

ミシェルは髪をカットしたかったが、ハリーはそれに反対で、母が妥協案を出したのだ

こと。——ミシェルは髪を長く伸ばしておく代わり、ハリーはミシェルが髪を乾かすのを手伝う

その時ミシェルは九歳だったが、それから何百回、ハリーは髪を乾かすのを手伝ってくれたことだろう。だが、いい気分のうちに、それはたちまち終わってしまう。ハリーはベッドにごろりと横になった。

「電話はドクター・フィルバートからだった。きみ、知ってるね？」

「外科医で、金曜日の夜のポーカーのメンバーでしょう？　背が低くて太っていて、自分ではあごひげを生やしてるのは頭に何も生えてこないからだと言ってる人ね。何かあったの？」

「ドクターの話では、あさって、キャンセルが出たから、おやじの手術をしたいって。手術前の検査をするから、明日の午前中に連れてきてほしいってさ」

「明日の午前中までにパパをオールバニーまで連れていくなんてむりよ、ハリー。パパは疲れはててしまうわ。しかも、出発は日の出前になるわよ」

「ヘリコプターってものについて、聞いたことないのかい？」

「全然思いつかなかったわ。わたしって、どうしようもないばかね。手配はできそう？」

「すでに手配ずみさ。日の出の三十分後に来てくれる。飛行時間は約一時間だが、きみはここに残ったほうがいいな」

「とんでもない！　パパが入院するというのにわたしがここに残っていると思うなら、兄さん、頭を切り換えることね！」

ハリーはベッドに上体を起こし、笑いながら切り返した。

「ぼくはきみの恋人のことを考えていたのさ。本当は彼をひとりっきりでここに残していきたくはないんだろう？」

「ジョージのことは心配する必要ないもの。彼だってわかってくれるわ。それじゃ、悪いけど出ていってくれない？　着替えをして、夕食の支度にかからなくちゃ」

けれども、台所で忙しく働いている間じゅう、ミシェルはジョージのことは安心していていいのかどうか、自信が持てなかった。

食事の前に父子がベランダに出ると、ミシェルはこっそりフィアンセに電話を入れた。電話に出たのはヴェロニカだった。

「ジョージはいないわよ。仕事で出かけなきゃならないとか言って……言づてはあって？」

「ええ。何日間かオールバニーに行かなきゃならなくなったって伝えてくださる？　父が手術を受けることになって、明日病院に来るようにと言われたの」

「わかったわ。オールバニーね？　あなたのお兄さまも？」

「もちろんよ。ハリーとわたしとパパとで出かけます。ジョージに伝えてくださるわね？」

「たしかに、伝えておくわ、ミシェル」

受話器を置くと、ミシェルは軽く唇を噛んだ。日曜日の夜に、ミラーズ・ギャップ村みたいな小さな村で、どんな仕事があるっていうの？　納得できる答えは見つからなかった。

静かな夕食だった。ミシェルはパパ・グレゴリーと自分の荷造りがあるという口実で、早々と自分の部屋に引きこもった。

ヘリコプターは予定どおり到着した。いままで何度もチャンスはあったものの、実際に空を飛ぶのは、ミシェルにとって初めてのことだった。朝食の時からおちつかなかったけれど、爆音が聞こえてくると、バスルームにかけこんで吐いてしまった。

パパ・グレゴリーはいつもと変わらなかったので、ハリーは病人よりミシェルの世話をやく羽目になった。いよいよヘリコプターが飛び立つと、ミシェルは冷たい窓に額をつけて外を見つめた。

飛んでいる感じはしなかった。むしろ、世界が下に下りていき、しだいにスピードを増して後ろに走り去っていくような感じだ。二百五十万エーカーの森林保存区が目の届くかぎりつづき、そこに一千もの青い湖が散らばっていて、人工の建造物は時おりちらと目に入る程度にすぎない。

グレート・サカンダガ湖。オリンピックのスキーのジャンプ台。サラトガ・スプリングスのレース場。西にはGEの本社があるシェネクタディー、河岸にはアンクル・サムの眠るトロイ……そして州都オールバニーが見えてくる。

屋上のヘリポートからオールバニー・シェラトンホテルの部屋へ。やっと八時半になったばかりで、森の真ん中から州都の中心へ、わずか一時間半の空の旅だった。

ホテルからオールバニー・メディカルセンターへは歩いていける距離だが、リムジンが待機していた。一時間休憩し、二度目の朝食をすませて、車で新しいセンターに向かう。

パパ・グレゴリーが車椅子で運び去られたあと、ハリーとミシェルは数えきれないほどの保険関係の書類と取り組んだ。やっと片づけてパパ・グレゴリーの個室に行ってみると、すでにベッドに寝かされていた。

「おまえたちふたりがつき添ってる必要はないぞ。今日はただ、注射と検査だけなんだ」と、病人が指図を与える。「ミシェルを連れ出して、お昼を食べてこいよ、ハリー」

ミシェルはためらったものの、支配欲の強いバターワース家の男性ふたりを相手に争っても無駄だと悟った。パパ・グレゴリーにキスし、涙をのみこんで、病室を出る。リムジンはワシントン公園の入口で止まった。

「少し脚を伸ばそう」

ハリーの有無を言わせぬ口調に、ミシェルも車を降りて、きらめく陽光の下に立った。

チューリップ祭りはひと月前に終わっていたが、オランダ・チューリップはいまも咲き誇っている。だが、ひどく暑くて、ミシェルはエアコンのきいた車に戻ってほっとした。

つぎに、ステイト・ストリートのレストラン〝ジャックの店〟の前で車は止まった。窓ぎわのテーブルに行くと、ハリーがミシェルのために椅子を引いて、ついでにちょっと肩をもんで自分の席に着いた。

「ありふれた手術だよ。さあ、いつもの勇気はどこへやった？　少しは笑顔も見せてくれよ……もっと大きく笑って」

ハリーが口を耳まで裂かんばかりにして笑顔の見本を見せる。あまりのおかしさにミシェルは笑いかけ、とたんにコントロールする力を失って、涙と笑いがいっしょにこぼれた。

ハリーはミシェルを慰めながら、ウエイターを追い払った。わずか二分間の発作だったけれど、泣き笑いのおかげでミシェルはどんなに気持がほぐれたことか。

「何を食べたい？」

「選んでちょうだい、ハリー。わたし、興奮していて、本当に食べられそうにないの。それに、兄さんの選ぶのはいつだって最高においしくて珍しい料理だから……」

「この店にはアメリカ一のシーフード料理がいくつかあるんだよ……」

ハリーがウエイターと相談している間、ミシェルは昼食時間には早すぎてあまりこんでいない店内を見回した。遠い奥の席に、見覚えのある姿があった。

明らかに人目につきたくないらしく、メニューで顔を隠しているけれど、ミシェルにはひと目でわかった。注文を終えたハリーに向かって手を上げて、注意を引く。

「ハリー？」

「何だい？」

「あそこの隅のテーブルよ。誓ってもいいわ、たしかにヴェロニカよ！」

ハリーは振り向いてたしかめようとした。

「キャンドルでもつけてあればね……ぼくには何とも言えないな。向こうに行ってきいてきてほしいのか？」

「わたしのためなら結構よ。でも、兄さんがそうしたいなら……」

「ぼくが？　このぼくが何だって彼女と話したいんだ？　このアスパラガス・スープはこの土地の名物なんだよ」

「わたしはただ……すてきね」

「何が？　スープかい、それともヴェロニカ？」

「スープに決まってるじゃないの……あの、ヴェロニカとは昨日話したばかりなのよ。どうやって、こんなに早くオールバニーに来られたのかしらね？」

「たぶん、ここで働いているせいだろう。スープをすませて、よけいな心配はよせよ」

「すませたわ、スープのほうは」

「でも、心配のほうは違うのか？」

「だって……あの……あの人がここで働いているって、どうしてわかったの？」

「簡単さ、ぼくは自分できいたんだもの。彼女、写真雑誌でフリーの仕事をしてるんださ」

「知らなかったわ」

「きみが知ってるはずないじゃないか。あの種の雑誌は一度も読んだことがないんだから」

「ハリー、からかうのはよして。あの種の雑誌って何？」

「女性写真誌さ、もちろん」

「そうなの！」

「そのひと言に、起訴と裁判と判決が含まれてるな……きみの育ちのせいなんだろう」

「あら、もしそうだとしたら、みんな兄さんのせいよ。ほかに誰が育てたっていうの？」

「ぼくのおやじもきみのお母さんも、育てた人には入らないのか？」

ミシェルは赤くなって、空っぽの皿に視線を落とした。

「何もそんなつもりじゃ……」

「きみの言いたいことはわかるよ」ハリーはテーブルごしに手を伸ばして、ミシェルの手に重ねた。「ぼくらは皆、かなり道徳的だからね。古風と言うべきかな？」

「わたし、そのことをちっとも気にしてないわよ、ハリー。昔も今も」

「それでいいじゃないか。食べろよ」

話の間にサーモン・サラダが届いていた。ミシェルはフォークを使いながら、やはり気になってたずねた。

「でも彼女、ここで何をしてるのかしら？　雑誌社があるのはこの方角じゃないでしょう？」

「そんなこと知るわけないだろう。ぼくはいつだったか彼女に、オールバニーではこの店をひいきにしてるって話したことがある。でも、ぼくを追いまわしてるとは思わないがね」

「あら！　何でも知ってる気でいるのね。兄さんは、弁護士は人より生存本能が発達してると思いこんでるけど、彼女、兄さんをハントしてるんだから。わたし、絶対……」

「おいおい、もう企み(たくら)はごめんだぞ、ミッキー。ぼくは大人だ。自分の面倒ぐらい見られるさ。ぼく自身ハントする側で、経験も豊富だ。いいかい、念を押しておくぞ。きみのばかげた企みに、また別の女性を巻きこんだりするなよ。わかったね？」

「わかったわ、ハリー」

デザートが来るのが遅く、ミシェルがバナナ・スプリットをゆっくり食べているものだから、ハリーは腕時計を見て立ち上がった。重要な仕事上の電話をするという口実はあやしかったが、ミシェルは手まねで追い払った。

ハリーが席をはずして三分とたたないうちに、ふと人の気配に気づいて顔を上げると、ヴェロニカが空いた椅子に滑りこむところだった。

「ミッキー、ここで会えるなんてうれしいわ。びっくりしたわ！　ちょっとごいっしょしていい？」

何がびっくりですか！　ミシェルはスプーンを置いて、手まねで〝どうぞ〟と伝えた。

「あなた、よくそんなもの食べられるわね。何カロリーあると思ってるの！」

ミシェルは驚いてバナナ・スプリットを見つめた。食べ物といえば味のことばかりで、カロリーのことなど考えたこともなかったせいだ。運動量が多いためか、何を食べても体重は一キロも変わらないのだけれど。

「今日はハリーが甘やかしてくれてるの」

「当然よ、あなただって甘やかしてもらわなくちゃ。お父さまの具合はどう？」

「手術は明日なの……父は元気よ。わたしから何を聞き出したいの？」

ヴェロニカは何としてでも話をするつもりらしい。もの問いたげなウエイターを手を振って追い払い、たばこに火をつける。

ミシェルに言わせれば、人がまだ食事をしているテーブルにたばこの煙を吐き散らすほど失礼な話はないのだけれど、黙っていることにする。ハリーのために、何か聞き出せるかもしれない。

「忠告、かしらね。わたし、あなたのお兄さまと恋に落ちそうなのよ、ミッキー。だから忠告してほしいの。あなたたち、長い間、いっしょにいたんですものね」

「というと、兄と結婚したいってこと？」

「もちろんよ、ミッキー。わたし、午前中、花嫁衣装を探してたのよ。ハリーはそのことを知らないけれど、でも、あなたならわかるでしょう？　男性ってなかなか結婚の話を持ち出さないものだから、こちらからつついてあげないとね」

「あの……わたしだってそんなにハリーのことを知ってるわけじゃないけれど、でも、用心したほうがいいと思うわ。ハリーはとっても……支配欲が強いから、もし結婚したら、はいはいって何でも言うことを聞くしかなくなるわよ」

ヴェロニカは肩をすくめただけだった。

「それに、すごいかんしゃく持ちなのよ。ものをこわしたり、投げつけたり……」

「でも、お兄さまには長所もあるでしょう？」

「ええ、たとえ自分の兄でも長所はわかるわ。とても公平よ——たいていの場合は。それに優しい気分の時は。あなたもご存じでしょう？　それにお酒の飲みすぎは心配しなくていいわ、ちゃんと自分を抑えられるから」

「アルコール中毒なの？」

「あの、いまは違うわ」新しい企みがしだいに形を取りはじめ、ミシェルは身を乗り出して、内緒話をするように声をひそめた。「あの女のせいだったのよ」

「あの女って?」

「五年ほど前の話ね、兄が弁護士になりたてのころだから。彼女、兄に深酒を覚えさせて、兄は彼女に暴力を振るうようになったの。パパ・グレゴリーはずいぶん苦労したのよ――兄が刑務所に入るような羽目にならないようにって」

さすがにヴェロニカも体を引いて、大きくたばこの煙を吐き出した。

「ひどい話ね」しかし、目には何かきらめくものがあった。「でも女ってかなりがまんできるんじゃないかしら――お金があればだけど」

「お金って?」敵がそんなところに目をつけていたなんて。ミシェルにとっては不意打ちだった。「あなた、弁護士としての収入のことを言ってるの?」

「まあ、それもあるわね。彼、弁護士の腕はいいんでしょう?」

「まさか……どうして兄が父の名前が売れてる地もとじゃなくて、ボストンに出なきゃいけなかったと思うの? 兄を破産させないために、父は毎月支送りをしてるくらいなのよ」

「ああ、でもそれはどうでもいいの」ヴェロニカは笑った。「噂だと判事さんは相当の財産家なんですってね。ご病気だし、ハリーはひとり息子だわ。わたしたち、しばらくはがまんしなきゃならないかもしれないけれど、遅かれ早かれ、すてきな財産はわたしのところに転がりこんでくる――そうでしょう?」

とうとう本音が出たわね。もしヴェロニカにそんなふうに思わせておいたら、彼女はむりにでもハリーをつかまえてしまうわ――もちろんジョージにはかかわりのないことだけれど。とにかくヴェロニカにはハリーを見送らせて、つぎの犠牲者を探しに行かせなくては。

「あなたをがっかりさせたくはないんだけど、ヴェロニカ。兄が法学部を卒業した時、パパ・グレゴリーは兄の取り分を渡したの。兄は全部使いはたしてしまったわ――お酒と博打に狂えば当然の話だけど」

ついにヴェロニカの粋な防御も崩れ、表情まで凍りついてしまった。半分しか吸っていないたばこをハリーのコーヒーの受け皿でもみ消し、すぐまたつぎのたばこに火をつける。

「ハリーじゃないとしたら……だって、ひとり息子でしょう?」

「そして、わたしがひとり娘」

「あなたに? 五十万ドルも?」

「そういうことね。でも、いまじゃたいしたことないわ」

「ほんと」

ヴェロニカは顔色を変えて立ち上がり、危うくハリーとぶつかりそうになった。

「ヴェロニカ」ハリーは愛想よく挨拶した。「これは驚いたな！」

「まったくね」

そのままレストランを出ていくヴェロニカを見送りながら、ハリーは首を振って椅子に座った。

「いったいどういうことなんだ？」

「どういうことかしら？　もしかして食べ合わせが悪かったんじゃない？　わたしたちも、そろそろ病院に戻りましょうか？」

その夜、シェラトンホテルで、ミシェルはまた顔のない男の悪夢を見た。今度は悲しみまでともなって、いままでにも増していらいらさせられた。

7

「そして三日が過ぎ、彼はついによみがえった」パパ・グレゴリーは声をあげて笑った。ベッドに座って、紙コップでオレンジジュースを飲んでいる。

「そんなこと言うと、神さまへの冒涜(ぼうとく)になるわよ」

パパ・グレゴリーはまだ顔色が青白く、空腹そうで、弱々しい感じだけれど、手術前よりずいぶん具合がよさそうで、ちゃめっけたっぷりだった。

ドクター・フィルバートの回診も、友だち同士のおふざけに見えかねない。それでも、来週の水曜日に退院する許可が出た。病院としては、看護師をつけてもいいとのこと。

「さて、話とは何だね？」

ドクターが病室を出ていくと、パパ・グレゴリーはまた枕(まくら)にもたれて微笑を浮かべた。

ミシェルはおちつかないしぐさで、病院の固い椅子に腰を下ろした。

「昨日、電話をもらったの……ジョージからよ」

「ああ、なるほど。何の話だったのかね？　もちろん愛情あふれる言葉は別にしてだよ」

ミシェルは真っ赤になった。愛情あふれる言葉なんてなかったのに。

「長距離だからね」ジョージはいきなり言ったものだ。「要点だけ話すよ」

「いいわ、なあに？」

ちょっと感情を害したような声になってしまったとしても、しかたのないことだろう。この一週間のあわただしさとパパ・グレゴリーのことが心配で、ジョージはたしかにミシェルの心の中で影が薄くなっていた。

「ちょっと金が入ったから、ぼくらはもう待たなくていい。すぐ結婚しよう、ミッキー」

ミシェルは何とかうれしそうな声で答えたけれど、ずいぶんむりをしたことも事実だ。

「だから、わかるでしょう、パパ。わたし、ジョージをあまり待たせるわけにはいかないのよ。せいぜい一週間か二週間ね」しだいに声が小さくなる。パパ・グレゴリーにイエスと言ってほしいのかノーと言ってほしいのかさえ、たしかではなかった。

パパ・グレゴリーは枕にもたれた。目から表情が消え、ただミシェルを見つめている。やがて微笑が戻った。

「頭の回転が遅くてね、昔から苦労してるんだ……いつだって、いつかはおまえを失うことになるのはわかっていたがね、ミッキー、喜んで受け入れる気にはなれなかった。それじゃ、いよいよその時が来たわけだ。いいだろう。ドクターが来たら看護師を頼むことにするよ。結婚式はミラーズ・ギャップ村であげるつもりなんだろう？」

「そうなると思うわ。シンプルな式ね」

「そこまで決まっているなら、何だってこんなところでぐずぐずしてるんだ？　花嫁衣装を買いに行っておいで——わたしからの結婚式の贈り物だ。ハリーならどんな店でも知ってるから、案内してもらうといい」

「いいえ、ハリーに来てもらわなくてもだいじょうぶ」

結婚式の衣装をハリーと買いに行くなんて！　ミシェルは吐き気がこみ上げてくるのをぐっと抑えて、パパ・グレゴリーのために微笑を浮かべ、階下に下りてタクシーをつかまえた。

ドレスを見つけるのは簡単だった。エンパイア・プラザのブティックに入り、希望を話した。

「結婚式のドレスがほしいんですけど」

「ウエディングドレスでございますね」店員はにっこり笑った。「かしこまりました。いろいろ取りそろえてございますよ」

「いいえ、そうじゃないの。ウエディングドレスじゃなくて、結婚式のドレスがほしいの。たとえば白いスーツとか、ブラウスにスカートにブレザーとか……」

話が通じるまでに暇がかかり昼食の時間は過ぎてしまったけれど、とにかくミシェルは希望の品物を手に店を出た。

プレーンな白い絹のシャツドレスはひざ丈で、襟にはベルギーレースがつき、薄いサマージャケットとセットになっている。

靴ならたくさん持ってるし、ヴェールも冠もつけないことにしよう。わたしだけでいいの。見たままのわたしが、ジョージ、あなたにあげるすべてなの……。

やっとタクシーを拾ってホテルに帰ると、父親から話を聞いたハリーがスイートの居間で待っていた。ブランデーのグラスを手にしている。

「それじゃ結婚式をあげることになったんだね。それがドレスかい？」

「ええ……足が痛いわ。店は冷房がきいてるけど、一歩外に出ると気違いじみた暑さね」

「ドレスを見せてくれるだろう？」

「いや」

「いやって？　それだけ？」

「ええ。夕食は何にする？」

「どうなるかはっきりしないんだよ」ハリーは立ち上がった。「今夜はデートのはずだったのに、ヴェロニカはこの町から消えてしまって、誰も行方を知らないみたいなんだ。きみ、何か知らないか？」

「わたしが？　どうしてわたしがヴェロニカのことなんか知ってるの？」

「きみがヴェロニカの生きている姿を見た最後の人間である可能性が高いからさ」まるで

メロドラマのせりふだった。「この間の昼食の時、いったいどんなことを話したんだ?」

「わたしが?　何かヴェロニカに話したかしら?」

「まるでこわれたレコードだな。きみはたちの悪い嘘(うそ)つきだよ、ミッキー」

「そんなことないわよ!　わたし……嘘なんかつかないわ。何てこと言うの!」

「いくらでも嘘くらいつくさ、ヴェロニカを脅かして追い払うことができると思ったらね。いまだにぼくの人生にちょっかいを出そうとしてるのか、ミッキー?」

「そんなことしないったら!　でも兄さんには誰か面倒を見てあげる人が必要よ。まるでバラクーダのそばを泳ぎまわってる雑魚(ざこ)そっくりなんだもの。面倒を見てあげる人がいなかったら、大きな口でぱくりとのみこまれてしまうわね、ハリー・バターワース!」

「とにかく心配してくれてありがとう」

口調は真剣だったが、ミッキーはすばやくハリーの目をさぐった。何の感情もなかった。

「妹はそのためにいるんだもの……夕食は何を食べたいの?」

「嘘つき鴉(からす)のフライだな」

メニューにはどんな鴉にしろのっていなかったので、ミシェルはルームサービスに電話して、ひな鳥を注文した。

次の週の月曜日、ドクター・フィルバートは、パパ・グレゴリーが水曜日に退院することを正式に認めた。火曜日の朝、ミシェルはハリーの反対を押しきって、レンタカーで帰宅することにした。

「ばかげてるよ」ハリーはマーキュリーの窓からのぞきこんで、なおも食い下がった。「明日まで待てよ、そうしたら皆でヘリコプターで帰れるじゃないか」

「それはそうよ。でもパパを空気の入れ換えもしてない家に迎えることになるのよ。シーツは湿り、何もかもほこりが積もっているわ。いま言い争って何の役に立つの？　誰かが先に帰らなきゃいけないとなると、わたしってことになるんですもの」

「ボーイフレンドとの再会が待ちきれないだけじゃないのか？」ハリーは笑いながら言ったが、目だけは笑っていなかった。

「まあそうね、それもあるわよ、もちろん」

ミシェルは肩をすくめ、エンジンをかけた。いままでジョージのことなんか考えもしなかったけれど、これ以上ぐずぐずしていたら、ハリーに勘づかれて笑い物にされてしまう。

車をスタートさせてからバックミラーを見ると、ハリーはおしりに手を当てて車をにらみつけていた。本当に怒ってるわ。今日一日は会わなくてすんで、助かったわ！

アムステルダム市からルート30に乗って、グレート・サカンダガ湖の西岸を走る。昔のインディアン六部族の土地の真ん中を通り、いくつか小さな町を過ぎて、ベンソンから西に入ってミラーズ・ギャップ村に向かった。

家に着いたのはちょうど四時。嵐が山のほうから近づいていて、稲光がひらめく。ミシェルは一目散にベランダに走った。雨が降っているけれど、窓を開け放つ。

ミシェルは夏の雨の甘いにおいの中で仕事にかかった。サンドウィッチと缶ビールで食事をすませると、あとはモップがけだ。看護師のためにも部屋を用意しておかなくては。

十時には、ミシェルは汗びっしょりで二階にいた。玄関のベルが鳴る。髪は古い布切れでまとめ、男物のシャツはぐしょぬれで、ジーンズははき古しだったけれど、そのまま玄関に向かった。ドアを開けると、ジョージが立っていた。

「ミッキー！　ぼくは明日まで待てなくてね！」彼はキスと抱擁とともに言った。まるでジョージらしくないので、ミシェルは彼を押しのけ、明かりの下でまじまじと見つめた。服はいつものとおり、最高の仕立てのカジュアルウェアだけれど。

「わたし……汗みずくよ」

「それがどうした？」

ジョージは笑って、またミシェルを抱き寄せた。ミシェルはむり強いされているような奇妙な感じがした。このところ、時々感じることだ。心の中をすばやく言葉が飛び交う。彼はあなたのフィアンセじゃないの。あなたたちは婚約してるのを忘れないで。少しは反応を示さなくちゃいけないんじゃない？　ミシェルは顔を仰向けてキスを待った。

「待てなかったんだよ」ジョージはもう一度言って、ミシェルの背中を押すようにして家の中に入った。「きみが家に向かったと聞いたとたん、ぼくも帰ってこないではいられなかった」

「あなた、どこかに行ってたの?」

プライドがよみがえり、ミシェルは女主人らしくジョージを居間に案内して、肘かけ椅子をすすめた。

「ウォータータウンにね。でも、じっとしていられなくて」

「コーヒーはいかが?」

ジョージは手を振って断った。ミシェルは向かい合った椅子に座り、両手をひざに置いて、彼が話をはじめるのを待った。

「結婚式だけど」だしぬけに言われて、ミシェルはけんめいに当惑を隠した。「今度の金曜日にあげようと思うんだ」

今日は火曜日よ。金曜日っていうと……いえ、かまわないじゃないの。

「いいわ、あなたがそうしたいなら」何とかうれしそうな響きをこめる。「でも、わたしの二十一歳の誕生日に結婚するつもりじゃなかったの? まだ二週間近く先だけど」

「いや、待つのはいやだ」ジョージはきっぱりと言い、心配そうな口調に変わってたずねた。「きみの家族はこの結婚に賛成してくれるんだろう?」

「そう思うけど……少なくとも、反対はしないでしょう。それがどうかしたの?」

「もちろん重大なことじゃないか。まちがった基礎から出発したくはないだろう？　でも、そうなると問題が出てくるな」

「まちがった基礎から出発すると？」

「いや、きみの誕生日前に結婚生活をはじめると、さ。結婚したあとは、きみ、ぼくが面倒を見ることを期待しているはずだね」

それは質問ではなく、宣言のようだった。ミシェルは小声で答えた。

「もちろんよ」

「そうなると」ジョージは笑った。「これに、きみのサインをもらっておかなきゃならない」

これというのは、見るからに法的な書類だった。弁護士がふたりもいる家庭で育てば、どんな女の子でも門前の小僧うんぬんと同じで、代理委任状ぐらいはわかるようになる。

もしこの書類にサインすれば、ミシェルはジョージに、自分の代理として行動する権利を与えることになる。何の保留条項もないから、自分の権利すべてをゆだねることになるけれど……。

でも、結婚というのは、あなたのすべてをひとりの男性の手にゆだねるってことでしょう？　だけど、二十一歳の誕生日が来るまで、こういう書類にサインする権利は、あなたにはないんじゃない？　それまではハリーが後見人なんだもの……。

でも、ジョージがこんなに望んでいるんだから。ミシェルはしぶしぶサインをし、日付を入れた。ほぼ二週間後、二十一歳になった時の日付を。

ジョージはサインをたしかめただけで、書類をくるくると巻いて輪ゴムをかけた。そしてとても満足そうに、寝椅子のミシェルの隣に座った。

「さて、これですべてがうまくいくよ、ミッキー。それじゃ忘れるなよ――金曜日の午前十時、村の教会で」

わたしをどうしようもないばかだと思っているのかしら? あとで念のため、手紙でも知らせてくるつもりじゃないの――親愛なるミッキー、ぼくらは明日、午前十時に結婚する予定だからね、とか何とか……。

「それじゃ急がなきゃ。仕事なんだよ。どういうものか、きみならわかるね」

汗ばんだ額にキスすると、ジョージは玄関に向かった。ばたんと閉まったドアに向かって、ミシェルは声に出してつぶやく。

「どういうものか、わたしにはわからないわよ。とんでもない時間に、汗びっしょりで疲れてるわたしに結婚式の話をしに来るなんて……まだ二階の掃除がすんでないのよ」

ミシェルは痛む脚で何とか立ち上がった。何かわからないながら、心に引っかかるものがあった。ジョージも何かごまかそうとする時は、ハリーそっくりになるのね。

でも、何をごまかすつもりかしら? ジョージはハリーほど賢くはないのに……事実はごまかしちゃだめ、わたしの結婚する相手は天才じゃないわ。だけど最高にハンサムなんだから。


翌朝の九時、ヘリコプターの爆音が聞こえた時、家はミシェルの働きのおかげでぴかぴかになっていた。空は晴れ上がり、ヘリコプターは明るい陽光の中を下りてきた。ハリーにつづいて、パパ・グレゴリーがひとりでゆっくり降りた。そのあとから白衣の老婦人……ミシェルはほっとして、詰めていた息を吐き出した。看護師はもの静かな白髪の女性で、満面に笑みを浮かべていた。

「兄さんのことだから、若くてグラマーな看護師を連れて帰ると覚悟してたのよ」パパ・グレゴリーが小道を上ってくるのを見守りながら、ミシェルはハリーに小声で言った。

「仕事本位さ、ミッキー」ハリーはにやりと笑う。「仕事と楽しみは混同しない主義だからね」

「そうでしょうとも。ヴェロニカは最近どうしてる?」

ハリーはベランダの階段の下で父親を待っていたが、階段の上のミシェルを振り返って、にっこり笑った。「大きな歯をしてるのね、おばあちゃん」と、つぶやく。

それから彼は向きなおって父親に手を貸そうとした。パパ・グレゴリーは息を切らしていて、一度ははねつけたものの、やはりハリーに支えられて階段を上った。ミシェルも急いでパパ・グレゴリーの腕を取った。

「ミッキー、おまえがいなくて寂しかったぞ」パパ・グレゴリーは階段を上りきると、ぶらんこに座ってひと息入れた。「思ったより息が切れるな。ミッキー、こちらはミセス・パーカー。アン、これが娘のミシェルです」

女性ふたりは、パパ・グレゴリーの頭ごしに微笑を交わした。ミシェルはひと目でミセス・パーカーが好きになった。

「おやすみにならなきゃいけませんよ、ミスター・バターワース」看護師がうながす。

「退院第一日目にしては、大変な冒険をなさったんですから」

「部屋の用意もできてるのよ」ミシェルも言葉を添えた。

パパ・グレゴリーはぶつぶつこぼした。「女ふたりにつきまとわれるのはかなわんな」

彼の顔に例のバターワース家の微笑が浮かぶ。

わざとしてるんだわ。わたしたちを同時に魅力のとりこにして、逃げ出すつもりね？

アン・パーカーを見やると、笑顔だったが、目は〝その手には引っかかりませんよ〟と言っているようだった。結局パパ・グレゴリーは、ふたりの女性に支えられて階段を上り、寝室に送りこまれた。

「ひとりで裸になるのもだめなのか？」

「パパったら、年寄りのぺてん師ね」ミシェルはパパ・グレゴリーのぼやきに切り返して、ぱっと逃げ出した。ハリーが待ち受けていて、彼女の手を引いてベランダに連れ出した。

「家では何か変わったことは？」ハリーはそう言いながら、ぶらんこのクッションをたたいた。ミシェルは彼の隣に座った。

「ジョージが待てないって言うの。金曜日に結婚したいって言ってたから、あさってね。村の教会のほうは全部手配してくれたみたいよ」

「それは花嫁の実家の仕事じゃないか。シンプルにするわけだな？　ずいぶん金が節約できる。披露宴くらいはここでしろよ」

「まあ、いいわね、ハリー！」ミシェルは彼の腕にぶら下がるようにして、頬にキスした。

「結婚する娘にとって、それ以上何を望むことがあって？」

「四輪馬車とかガラスの靴は？」

「冗談でもそんなこと言わないで。わたし、シンデレラにはなりたくないわ。十二時に馬が鼠になるなんて、怖くって。わたし、めでたしめでたしで終わらせたいのよ」

シンプルなのがいいわ。とうてい完璧とは言えないんだもの。セカンド・ベストと結婚するんだし、自分でもそのことは知ってます。狂おしいほどの情熱を求めているんじゃないの。ただおだやかに、いっしょに年老いていく相手を求めているだけだもの。

「きみが望むなら、きっとそうなるとも」ハリーは重々しく言って、ミシェルのひざをたたいた。「グラバーズビルまでひとっ走りしてこなくちゃならない、話しておかなきゃいけない相手がいるんでね。きみ、だいじょうぶかい？」

「わたしがトラブルに巻きこまれるはずないじゃないの。アンがパパの世話をしてくれるんだから、わたしはただここに座って、白日夢でも見ていればいいんですもの」

「若い女性には夢を見る権利があるとも」

ハリーはまだ何か言いたそうだったが、昔のようにミシェルの頭をそっとなでて、ゆっくり階段を下りていった。

台所でミセス・パーカーが働いている音が聞こえる。夢を見る権利があると言われても、おかしなことに心に浮かぶのは人の顔ばかりだ――ヴェロニカ、ジョージ、ハリー、パパ・グレゴリー。

顔は浮かんでは消え、いつも同じ順序でくり返される。二まわり、三まわり……二階から笑い声が聞こえる。パパとアンは仲よくやってるみたいだから、ほうっておけばいいわ。

電話が鳴っている。ミセス・パーカーは忙しそうだから……四度目のベルでミシェルはやっと立ち上がり、のんびりと家に入って受話器を取った。

「ミシェル？」

パニック寸前の女性の声。ヴェロニカだわ。

「そうよ」

未来の義理の従妹(いとこ)に対して愛想のいい返事だとは言えないけれど、ミシェルの好意はすでに底をついていた。

「ニューヨーク市から長距離電話をかけてるの。家ではジョージがつかまらないんだけど、大至急、話したいことがあるのよ。彼、あなたといっしょかしら?」

「いいえ、うちには来ていないわよ、ヴェロニカ。今日はまだ会ってもいないわ」

「ミシェル、至急の用件なのよ。ジョージを捜して言づてを伝えてくれない?」

「もちろん、いいわよ。ちょっと待って、紙と鉛筆を探すから……オーケー、どうぞ」

ヴェロニカは伝えたいことをなかなか整理できないようだった。

「ジョージに伝えてほしいの……わたしのところに……ローンの人から電話があって……そう、ローンの人よ、それでジョージにはわかるわ。ジョージが渡した書類に問題があることがわかって……ちゃんと書いてくれてる?」

「ええ。でも、もう少しゆっくり。ローンの人が……そのつぎは?」

「ジョージが見せた書類には日付に問題があると言ってるの。そして、とても怒ってるわ。とってもよ」

「ええ、それは書いたわ。ほかには?」

「ああ、ほんとにいやになっちゃう」クールなヴェロニカがべそをかいていた。よほどおびえているのだろう。「ただ、ジョージに言ってね、用心するようにって。それだけよ!」

「全部書き取ったわ。そして、用心するように、と……これからジョージを捜してみるわ」

電話は切れた。ミシェルは電話機の横にある椅子の肘かけに腰をかけ、唇を噛んだ。ジョージが何かばかなことをしでかして、警告が必要だってわけね。

決心がつくと、まず電話をかけてみた。ベルが十回鳴っても、ジョージは出ない。次の手は？　たとえジョージがいなくても、家に行ってメモを残してこなくては。

そう思って、ぎょっとした。ジョージに春の初めから口説かれていたのに、一度も彼の家に行ったことがないなんて。

ジョージはいつも言っていたものだ——小さな借家でね、これまでの家とは比べ物にもならない。きみに見られたら恥ずかしいよ。

結婚に対する気持がどちらともつかない最初のころは、ジョージに恥ずかしい思いをさせる気なんかなかったけれど……これは至急の用件だ。ミシェルはミセス・パーカーに断って、家を飛び出した。エンジンはすぐかかり、彼女は慎重にバックで車を出した。

ロヴェット家の古い家を借りているというジョージの言葉を、ミシェルはぼんやりと思い出した。湖畔の道はでこぼこで、三十分間、車は揺れに揺れた。

その家は実際はサマー・コテージで、部屋は五つか六つあるが、水道の配管は最低限のものだし冷暖房設備もない。小さな浜辺から二十メートルあまり入った丘の斜面にぽつんと一軒、立っている。大きな松の木にかけ登るりすの姿を別にすれば、生き物がいる気配すらなかった。

ミシェルは駐車場代わりに使われていたらしい乾いた空き地に車を止めた。エンジンを切ると、怖いほどの静けさが襲いかかった。小さな玄関に歩み寄り、念のため声をかけてみた。

「ジョージ?」

だしぬけに鴉がしわがれた声で鳴き、ミシェルはぎょっとして息をのんだ。

「外に立っておびえてたって意味ないわ」ひとり言を言ってドアのノブを回す。

ドアは難なく開いた。都会じゃないんだもの、何のふしぎもないわ。ミシェルは泥棒になったような気分で、そっと中に入った。

「ジョージ?」

答えはない。戸口はそのまま小さな居間につづいていた。ミシェルが想像していたとおりの部屋だった。椅子がいくつかあるが、どれも座り心地はよくなさそうだ。家具つきの貸家といっても、ほとんどの時間を戸外で過ごす人たちに貸すための家だからこんなものなのだろう。

ミシェルは階段の裏の台所をのぞいた。いたるところに皿が重ねてあり、水道の蛇口から水が滴っている。ちゃんと閉めようとしたが無駄だった。ジョージはとても家をきれいにしておくたちだとは言えない。

ミシェルは肩をすくめた。ハリーの同類ね――ミシェルにとって、ハリーはすべての男性を計るものさしだった。

ミシェルはにやりと笑った。だらしのない夫というのが、アメリカの標準なのかしら？彼女は完全に清潔だとは言えないタオルで手をふいて、居間に戻った。メモを残さなきゃ。

部屋の真ん中の小さなテーブルに向かって、メモを書きはじめた。自分で紙と万年筆を持ってきてよかったわ。ちょっと体を動かしただけなのに、椅子が無気味にきしんだ。

「こわれる前に立ったほうがいいわ」

メモをテーブルに置き、半分中身の残っている缶ビールで押さえておいた。かわいそうなジョージ。少なくともわたしなら、きちんとした家に住まわせてあげられるわ。結婚の目的はこれでどうかしら！

「だったら、家の残りの部屋も見ておいたほうがいいわね」

階段も椅子同様、むやみにきしんだ。だが手すりは丈夫そうなので、ミシェルはそれにすがるようにして上っていった。

踊り場の右がバスルーム。ここでも蛇口から水が滴る音が聞こえるから、とにかく使えるのだろう。奥の部屋のドアは閉まっていたが、むりに押し開けようとすると、何かにぶつかってしまった。中をのぞきこむと、がらくたでいっぱいだった。物置というより廃品置き場だ。

残るひと部屋は、少なくとも人の住める状態だった。ベッドとたんすが一つずつ。戸棚の戸は半分こわれている。ベッドは最近メイクされた形跡はない。

ワードローブを開けてみると、服でいっぱいだった。ほとんどはジョージの高級なカジュアルスーツだが、ヴェロニカのドレスも二枚ある。とても公平なスペース配分とは言えない。わたしがジョージと暮らすようになったら、改めさせなくちゃ。

ほかには何も見るものはない。ミシェルは危なっかしい階段を下りて外に出た。そよ風が裏山の野生の花々を揺する。ミシェルは伸びをして深呼吸をすると、車に向かった。ひどい道なので注意を怠ると溝に落ちてしまう。そのせいで、自宅に帰ってハリーの車の横に駐車して初めて、無意識に気にしていたことが心の表面に浮かび上がった。

ジョージの話だと、ヴェロニカと三カ月いっしょに住んでいたとか。ワードローブの服を見てもそのことはわかるけれど……寝室も一つなら、ベッドも一つ。いくらクイーンサイズのベッドにしても……。

なぜか、それほど驚かない。ミシェルは考えこんだまま、家に入った。

8

「今夜はひどく静かなんだな」

木曜日の夕方、ハリーはコーヒーのマグを手に外に出てきて、ベランダの階段のいちばん上に腰かけているミシェルの隣に座った。ミシェルはあごを両手にのせたまま、かたくなに黙っていた。

「全然話もしないのか？　土壇場の後悔ってやつかな？」

「話したくないのよ、ハリー」

「わかった」

ハリーはミシェルの肩を抱き、コーヒーを飲んだ。日は西の山の向こうに沈んだが、夕映えが湖に映っていた。ミシェルはずっと考えこんだままだった。らばのように頑固に。

分別のある人間なら、結婚式を中止して車に飛び乗り、明日には一千キロも遠くにいるだろうに。でも、そんなことをすれば、パパの心を傷つけ、ママとの誓いを破ってしまうことになる。パパの世話をするですって？　わたしはパパにとってトラブルの種以外の何でもなかったわ！

それにハリーのこともあるわ。わたしがジョージと結婚すれば、ヴェロニカの企みをじゃまできるし、ハリーが分別を取り戻してふさわしい相手を見つけるまで、ヴェロニカを近づけないようにすることもできると思うわ。

それじゃジョージのことは？　でもジョージのプロポーズを受けた時から、完璧な相手じゃないことはわかっていたはずよ。いままで結婚した何千万という女性が、必ずしも愛のために結婚したわけではないんだし。自分のためというより、家族とかお金とかそのほかもろもろの理由で結婚しているんだもの。

それほどひどい結婚のはずないわ。夢に見る顔のない男性がジョージなのかもしれないし、結婚式は明日と決めたんだもの、いまさら一軒の家にふたりが住んでいてベッドが一つしかない謎を解いても手遅れだわ。

何もかも手遅れ。そして明日、ミシェル・デヴリン・バターワースは祭壇の前にぬかずき、ミシェル・アームスティッドになる。

何事もなかったように世界はまわりつづけ、たぶん水爆戦争は起きないだろうし、わたしの愛する男性は絶対に、なぜわたしがこんな結婚をしたかも知らないままなんだわ！

涙がこぼれ、ミシェルはすばやくハンカチで隠して鼻をかむふりをした。

「アレルギーかい？」

「まあね……ハリー？」

「何だい？」

「パパは明日、わたしにつき添って祭壇まで歩けないんじゃない？」

「それはむりだが、式には出られるよ。車椅子を持ってきたから、ミセス・パーカーが連れていってくれるだろう」

「あのう……」

「何でも言えよ。ぼくがなぜ、こうして出てきたと思うんだ？」

「頭にくるわね、ハリー・バターワース。兄さんは赤ちゃんからでもキャンディを取り上げるんでしょうよ！」

「そのほうがミッキーらしいよ。ぼくの頭の固い火の玉娘がめそめそしてると、おちつかなくていけない……そうだな、うまいキャンディなら取り上げるかもしれない……でも、きみはぼくに何か質問しようとして、とたんに瀕死(ひんし)の白鳥みたいになっただろう？ 何をきこうとしたんだい？」

「あのね、ハリー……祭壇までわたしにつき添って歩いてくれる？」

「そして、きみをくれてやるのか？」

苦悩のにじむ声にミシェルははっとして顔を上げた。しかし、暗くて表情は読めない。

「ええ」ささやくような小声だった。

ハリーは咳払いをして、優しくミシェルの肩を抱く腕に力をこめた。

「ああ、もちろんそうするよ。でなかったら、何のために兄貴がいるんだい？」

ミシェルはハリーに寄りかかり、薄青色のシャツに鼻をこすりつけた。ハリーはぎゅっとミシェルを抱き、すぐ立ち上がった。

「散歩してきたほうがよさそうだ」いっしょに立ち上がろうとするミシェルの肩を押さえる。「ひとりになりたいんだ、ミッキー、大事な考え事がある」

ミシェルは見慣れた後ろ姿が闇に消えるのを見送ったあと、自分も湖畔に下りた。星空の下で小石を拾って水切りをした。十歳の時、四回水切りができて、ハリーは三回しかできなくて、ばかみたいにはしゃいだものだったわ。

ミシェルは苦笑しながら手の土を払って、のろのろと家に入った。台所では皿洗いが待っていた。シャワーを浴び、ベッドのメイクにかかっても、ミシェルはまだ物思いに沈んでいた。

「明日から世界は変わるのよ」髪を編みながらつぶやく。「明日からわたしの新しい人生がはじまるんだわ。そのあとはもうあと戻りできない……」

そう思っても何の慰めにもならなかった。何度も寝返りを打ち、やっと眠りに落ちたが、ひどく浅くて寝苦しかった。

朝、目を覚ました時も、世界は何一つ変わっていなくて、胃は鉛でも詰まっているようだった。

ミシェルは部屋着のまま朝食に下りた。ミセス・パーカーは早起きで、すでにパパ・グレゴリーの食事も終わっていた。ふたりはコーヒーのマグを前に、食卓でのんびりしているところだった。

「おいおい、頬を染めた花嫁のはずが『ハムレット』に出てくる亡霊みたいじゃないか。眠れなかったのかい？」

「神経が立って、ひと晩じゅう寝返りを打っていたの……」

「花嫁は誰もそうですよ」ミセス・パーカーが言う。「卵でも焼きましょうか？」

「何も食べられないわ、胃がむかむかして」

「おまえのお母さんもそんなふうだったよ」パパ・グレゴリーも言った。「わたしらが結婚した日は一日じゅう何も食べられなくて、披露宴でシャンパンを一杯飲んだだけで酔ってしまった」

「ずいぶん慰めになる話ね」

ミシェルは椅子に腰を落とした。コーヒーのマグが目の前に置かれたので、振り向いてハリーに笑顔を向けて〝ありがとう〟の言葉に代え、マグで両手を温めた。七月の初めなのにミシェルは震えるほど寒かった。

「披露宴の準備はすべて整ったよ。仕出しを頼んだから、きみは心配しなくていい。いまは八時半だから、一時間後にミセス・パーカーが車でおやじを教会に連れていく。きみとぼくはその十五分後に出発だ。それ以後はジョージが考えるべきことだな」

ハリーはミシェルの肩をぎゅっとつかんだ。

「時計合わせ、しておきましょうか?」ミシェルは弱々しく切り返した。ハリーが肩から手を滑らせて、ミシェルの両手を取った。

「幸せになれよ」声が震えていた。

ミセス・パーカーが口をはさんだ。「着替えをなさい。一時間しかないのよ。本当におなかがすいていないのなら、いっしょに二階に上がって準備にかかりましょう」

ドレスのシンプルなスタイルも白という色もミシェルに似合うとアン・パーカーはほめてくれたけれど、ヴェールも帽子もないのは気になるらしい。聖パウロまで持ち出して、教会では女性は髪を隠さなくてはと言いはる。

「ちょっと待って。いいことがあるわ」

アンはミシェルの髪を編み、コロネットにまとめておいて、部屋を飛び出した。時計を見ると九時十五分、そろそろパパ・グレゴリーの出かける時間だった。ミシェルは立ち上がり、階段に向かった。

ハリーはすでにパパ・グレゴリーをリムジンに乗せ、車椅子も積みこんであった。アンは玄関のドアの前に立っていた。

「これを髪飾りにいかが?」

アンはミシェルのこはく色のプラスティックのヘアバンドに庭の花々を巻いて花冠をつくってくれたのだ。ミシェルは頭を下げてヘアバンドをつけてもらった。

「ぴったりよ、あなたは純真そのものに見えるわ、ミッキー……どうしたんでしょう、わたし、涙が止まらなくて。でも急がなきゃ……神の祝福がありますように」

「わたしも涙が止まらないみたい」

ミシェルは家のドアを開けたまま、走り去るリムジンに手を振った。パパ・グレゴリーは窓から身を乗り出して拍手している。ハリーがベランダに戻った。

「ドアを開けておいたら蝿が中に入るだろう? 化粧がはげてるじゃないか。きみはもっとしっかりしてるはずだぞ、ミッキー」

「ハリー、わたし、怖いの」

「もちろん、そういうものだろうさ」ハリーはからかってばかりいるいつもの彼に似合わない重々しさで言った。だが、少しばかりよそよそしくもあった。「話でもしようか。あと十五分ある」

「ぶらんこに座って話さない? ぜひそうしたいわ、ハリー」

ハリーはミシェルを連れ出し、ドアを閉めた。ミシェルはドレスにしわが寄らないように気をつけながら、注意深くぶらんこにかけた。ハリーは両手をポケットに突っこんでミシェルの前に立っていたが、やがて隣にかけた。昔のように、ハリーはミシェルの肩を抱いた。

「ぼくが出る結婚式でいちばん静かなものになりそうだな」

湖を見つめているハリーの表情は読めない。

「それがいちばんいいと思ったの」

何一つお祝いすることがないんだもの。ミシェルは心の中で言い添えた。

「花嫁のつき添い（ブライドメイド）もなしでかい？」

「ええ、それもなしで」

「今日は結婚式びよりじゃないか」

「ここのすべてが懐かしくなるでしょうね。このベランダからの眺めもそう」

「あれ？ ぼくはまた……書類はすべて整えてあるんだぞ、ミッキー。結婚式がすむと同時に、きみはきみのお母さんの遺産を相続するんだからね。きみとジョージはこの家に住むものとばかり思っていたよ。彼がいま住んでる家はいかにもみすぼらしいじゃないか」

「まあ、だめよ」ミシェルはぎょっとしてハリーのほうを向いた。「ここはパパの家よ。パパが大好きなんだもの、いつまでもパパの家であってほしいわ。ジョージがどう考えてるか知らないけれど、パパをパパの家から追い出すようなまねはしません」

「きみの家なんだよ、ミッキー」

「パパの家です」ミシェルはきっぱりと言いきった。ぐいとあごを突き出したようすから
すると、てこでも動きそうにない。
「それじゃ、もちろんぼくらは、きみに家賃を払わなきゃ」
「ハリー！　わたしを侮辱するつもり？　自分の父親から家賃を取るなんて！」
「わかった、わかった、ぼくが悪かった。よけいなことばかりしゃべっちまうみたいだな。
そろそろ出かけたほうがいい」
ハリーは立ち上がり、手を貸してミシェルを立たせた。二度ほど何か話したそうにした
が、言葉にならない。ふたりは階段に向かい、ミシェルはいつものようにハリーに腕をか
らませた。ハリーはふと立ち止まった。
「ミッキー、本当にこれでいいんだね？」
「もちろんよ」ミシェルはすばやく答えた。考える時間があると、自分が何を言うかわか
らなくて、怖かった。ハリーは重々しくうなずいた。
ハリーはゆっくり車を走らせた。片手の指でたえ間なくハンドルをたたいている。車は
ほかになく、人影もなくて、厳粛な静けさがすべてを覆っていた。鳥さえ飛んでいない。
小さな木造の教会は村はずれにあった。それでも鐘楼は村でいちばん高い建造物で、ハ
リーが車を教会の正面に止めると、歓迎の鐘が鳴り響いた。
エンジンを切ったあとも、ふたりは彫像のように座ったままだった。さらさらというき

ぬずれの音が教会から流れ出て、ふたりを包みこむ。村に人影のない理由がわかった。体の動くかぎり男も女も子供も、教会の中で待ち受けていたのだ。

「キリスト教徒を待ちかまえるライオンて感じだな。降りようか」

ミシェルは唇をきゅっと結んでうなずいた。ハリーのほうこそ虎のように緊張して、何かたたきこわすものはないかと探していながら、その衝動をこらえているような感じだった。

彼はミシェルに手を貸して車から降ろすと、力まかせにドアを閉めた。助祭が開け放った教会の扉の前に立っていて、〝急いで〟と合図を送る。ミシェルはハリーの腕を取ってゆっくり石段を上りきると、敷居の前で引き止めた。

「ハリー、やめてちょうだいね！」

「それはぼくのせりふじゃないか。やめるって、何をだい？」

「ヴェロニカとの結婚よ！」

「まだぼくの人生を取りしきるつもりなのか？　心配はいらないよ、ミッキー。ぼくはセカンド・ベストとは絶対に結婚しないから」

どういう意味か問いただしたくても手遅れだった。入口の真上の上階に座っている四十年来のオルガン弾きのミセス・パターソンが、合図とともにおごそかな音楽をかなでる。それにうながされるようにハリーがゆっくり祭壇に向かって歩きはじめた。ミシェルもいっしょに進むしかなかった。

教会に入った時から、ミシェルの視界はぼやけていた。信徒席はいっぱいで、その後ろに車椅子のパパ・グレゴリーの姿があったのだが、ミシェルは気づかなかった。

がんがんと耳が鳴り、ミシェルは必死に自制心を保とうと努めた。足は反射的に前に進み、オルガンの音は響きわたる。ミシェルは最後の逃げ場を求めるようにハリーの腕を握りしめた。

半分ほど進んだところで、一つの思いが浮かび、胸に痛みを残した――ハリーと腕を組んで歩くのも、これが最後になるんだわ。

いっしょに過ごした楽しい年月が過ぎ去り、娘時代からたしかなもののない時代へと足を踏み入れようとしているんだわ。

ジョージ――ハンサムでだらしがないジョージ。村じゅうの人が言ってたわ、わたしたちには、さぞ美男美女が生まれることでしょうって。鋭い短刀で突かれたような痛みに、ミシェルは何とか涙をこらえようとした。

ヴェロニカ――そうよ、ヴェロニカのことを考えるのよ！　パパのことも！　過去といまの自分をへだてる影が現れ、明かりをさえぎり、理性を締め出した。

ハリーが立ち止まったので、ミシェルも足を止めた。彼は優しく額にキスしてくれた。

どこか遠くから、つぶやくような声が聞こえた。

「幸せになるんだぞ、ミッキー」

ハリーはミシェルの手をジョージにゆだね、彼女の視界から消えていった。教会と同じように古風な結婚式だった。祈祷書の言葉と聖書の言葉が聞こえてくる。

ジョージがひざまずいたので、ミシェルもそれにならった。言葉が頭の上を流れていく。わずかに上体を後ろにずらして、やっと視野の片隅にハリーの姿をとらえた。

ハリーは信徒席の最前列にたったひとりでひざまずいていた。真っすぐ前を見すえ、彫像のように身じろぎもしない。

もう一度、ミシェルは涙をのみこんだ。気性が激しく、責任感も強く、愛と明るい笑いの申し子であるミシェル・バターワースも、ついに耐えられなくなった。

ジョージにそっとつつかれてミシェルは現実に戻った。教会は静まりかえっていた。黒衣の牧師が目の前に立ち、微笑を浮かべて見つめている。千組以上のカップルを結婚させてきた牧師は、静寂くらいではびくともしない。どんな事態にも心の準備はできていて、目にいたずらっぽい光さえきらめかせて、誓いの言葉をくり返した。

「ミシェル・デヴリン。あなたはこの男を正式に結婚した夫として迎えますか……」

言葉が消えていくと同時に、ミシェルの頭脳は働きはじめた。まあ、牧師さんは相手をまちがえてるわ！

ジョージを夫として迎えるですって？　ミシェルはかすかに頭をめぐらして、そばにひざまずいている男性を見つめた。チャーミングで、ハンサムで、人当たりのいいジョージを？

ミシェルはまた上体を少し後ろにずらして、信徒席で両手を組んだままひざまずいているハリーを見やった。

牧師ももう一度、ミシェルを見つめた。婚姻の結び手として彼を有名にさせた、あの温かい微笑を浮かべて。

ミッキー、あなた、この男を夫として迎えるつもり？　静まりかえった教会の中に、ミシェルの声はいつもより甲高く、はっきりと響きわたった。不意に悪夢から覚めた子供の叫び声に似ていた。

「とんでもない、いやです！」

ミシェルはジョージの手を振り払って立ち上がった。ミセス・パターソンは動きから判断したらしく、高らかに結婚行進曲をかなではじめる。会衆は立ち上がって、事の成り行きを見守った。

ミシェルはオルガンの音がすると同時に、通路を大股に出口に向かって歩きはじめた。ジョージは祭壇の前に立ちつくし、ハンサムな顔も驚きにゆがんでいた。誰かが大股に追ってくるのがわかったけれど、ミシェルは振り返らなかった。あんぐりと口を開けた会衆の顔、顔、顔……。

通路の出口に車椅子を認めて、ミシェルは立ち止まりそうになった。ああ、パパに何てことをしてしまったの！　ひざから力が抜け、肘を支えられてやっと立ちなおった。パパ・グレゴリーは車椅子に座ったまま笑っていた。

「でかしたぞ、ミッキー。気がつくのが少々遅かったが、なに、最後まで気がつかないよりはるかにいいさ。おまえのお母さんも、おまえのことを誇りに思うだろうよ！」

教会から陽光の下に出て、やっとパパ・グレゴリーが何を言ったかわかった。ママがわたしを誇りに思うですって？　とてもそうは思えないけれど……でも、パパほどママのことがわかる人がほかにいて？

ミシェルはずっと肘を支えていてくれた手に導かれるままに、車に戻って乗りこんだ。すぐあとで運転席のほうのドアもそっと閉まった。ミシェルは目を伏せたまま、ミセス・パーカーに押しつけられた小さなひな菊の花束をいじっていた。

「ハリー？」

「うん？」

「わたし、ほんとに、ひどいことをしてしまったわね。そう思うでしょう？」

「ぼくはそうは思わないな」

教会を振り返ると、牧師が左胸に聖書を押し当てるようにして、入口に立っていた。何度も同じ言葉をくり返しているので、唇が読める――何ということを！

その横に、ジョージが怒りに唇をへの字に曲げ、両手を握りしめて立っている。ハリーが車をスタートさせた。来る時は十五分かけた距離を六分で飛ばし、急停車させた。

教会の前に着いた時と同じように、ふたりは並んで座ったまま、身じろぎもしなかった。

ミシェルは沈黙に耐えられなくなって、話しかけようとした。

「ハリー……」

それが、まるで爆弾を発火させるような役を果たした。ハリーはミシェルのほうを向き、両肩をつかむと、首がもげそうになるくらい乱暴に揺さぶった。

「いいか、よく聞けよ、ミシェル・デヴリン！　ぼくは……きみの……兄貴じゃないんだ！」

彼はもう一度ミシェルを揺さぶってから、ドアに押しつけ、自分は車を降りてさっさと家に入ってしまった。みじめさのあまり、ミシェルはがたがたと震えていた。

エンジンを切ったので冷房も切れ、車内はまもなくサウナ風呂のようになったが、ミシェルは手をよじりながら震えていた。

家のドアがばたんと閉まった音に顔を上げると、ハリーがジーンズに着替えて、お気に入りの散歩道のほうへと歩み去った。木立の中に後ろ姿が消えるまで、ミシェルは見送った。きみの兄貴じゃない、なんて！

心の痛みに息をのんだ。まるでジョージに対してだけでなく、男性全体に対して罪を犯したような気分だった。ハリーがわたしをほうり出すなんて——今日のたくさんの悲しみの中でも、これ以上のものはない。最愛の兄に縁を切られてしまうなんて……。

疲れはてて八十歳の老婆のようにのろのろと車を降り、手すりにすがってベランダへと階段を上った。何台かの車の音が聞こえた。とても説明する気にも弁解する気にもなれないので、ミシェルは何とか家に入ると階段を上って自分の部屋に逃げこんだ。ドアをしっかり閉めて初めて安心した。

車がつぎつぎに家の前に止まり、ドアがばたんと閉まる音がつづく。少なくとも六、七人の話し声が聞こえるが、どの声も楽しそうだ。遠すぎて何の話かわからないけれど。ミシェルはドアにもたれたまま、両手を握りしめた。体が震えて力が入らない。外の話し声は家の中に入った。声の一つはパパ・グレゴリーのもので、女性の笑い声もまじっている。

「しっかりなさい、ミシェル・デヴリン」

声に出したことがきいて、やっと体の震えがおさまった。まるでマラソンを終えたばかりのように疲れていた。ミシェルはベッドに倒れこみ、大きく呼吸をした。

階下のパーティーは、ますます人数が増えていくようだ。女性も少なくとも四人はいて……ミシェルは頭を振って、はっきりさせようとした。わたしが結婚式をぶちこわしにしたことのお祝いかしら？　まさかそんなこと……でも、ほかに何があって？

今日はわたしの結婚式の当日よ、本当にばかね！　最後まできちんとすればよかったのに。そのほうがいい理由はたくさんあって、どれ一つ嘘じゃなかったのに……。不意にまた、教会の入口でのハリーの言葉がよみがえった――ぼくは絶対にセカンド・ベストとは結婚しない。

ドレスが窮屈なので、やっとの思いで起き上がり、脱いでていねいにたたんだ。ジョージと話したほうがいいかしら？　何て話すつもり？

階下では誰かがステレオをかけた。乾杯の音さえ聞こえてくる。ミシェルは誰もいない部屋で、ほとんど叫び声に近い声で言った。

「絶対にジョージとなんか話さないわ」すでに心は決まっていた。「わたしだって、セカンド・ベストとは結婚しないわ！」

きちんとたたんだドレスを手に持ったままなのに気づいて、床に落とした。踏みつけて、部屋の隅に蹴飛ばす。その時、涙があふれた。

一時間後、ミシェルは古いブラウスとジーンズに着替えて、ベッドの上で枕にもたれていた。赤い目を別にすれば、ふだんと変わったようすはない。階下のパーティーはますます盛り上がっている。ミシェルはかすかに微笑して、首を振った。

その時、ドアがノックされ、ぎょっとした。ミセス・パーカーが半開きのドアから顔をのぞかせた。シャンパンのグラスを持っている。

「お父さまが捜してらしたわよ、ミッキー」

ミシェルはベッドから下りると髪から花飾りをむしり取った。

「いったい……階下(した)では何がはじまったの？」

「お祝いよ。皆さん、あなたの本当のお友だちばかり……」

「お祝いって？　あんな大失敗のあとで？　信じられないわ……何を祝ってるの？」

「あなたのお父さまが、教会の外で皆さんを集めて、〝全快祝い〟に招待なさったのよ」

「全快祝いのパーティーですって？」

老婦人はつかつかと部屋に入ってきて、ミシェルにグラスを差し出した。

「あなたにはまるでわかってないのね、ミシェル。あなたの家族や友だちはどんなにあの人と結婚してほしくなかったか……さあ、その目を洗って階下に下りてらっしゃい」

「そんなことできないわ、アン。恥ずかしくて人前には出られないもの……とてもむりよ」

「お父さまがお呼びなのよ。ここに隠れていても何の役にも立たないわ。一生、隠れて過ごすわけにはいかないんですからね……あなたはひどいショックを受けただけ。立ちなおる唯一の道は、何もかも忘れて階下に下りてくることよ」

「父が呼んでるの？」

「ええ。パーティーはお父さまの思いつきですもの」

それじゃ少なくともパパだけは、わたしに背中を向けなかったんだわ。いつまでも隠れてはいられないんだもの……ミシェルはアンからシャンパンを受け取って、捨て鉢の勇気を奮い起こした。

ふたりが腕を組んで階段を下りていくと、歓迎の叫びが起こった。アンの言ったとおり、本当の友だちは皆、ミシェルを取り囲んで乾杯してくれた。

パパ・グレゴリーが車椅子で近づき、両手を差しのべた。ミシェルは彼の前にひざまずき、差し出された両手を握りしめた。

「パパ……」あとは言葉にならない。

「わたしは事の成り行きにとても満足しているよ。おまえのお母さんも、きっとおまえを誇りに思ってくれるだろうね」

「誇りに思うですって? ばかな娘を誇りに思う人なんているかしら? もっと早くストップをかけられたのに、勇気がなくて……ジョージで満足できると思っていたのよ。そして、そうじゃないと気づいた時には、どうしたらいいかわからなくなってしまって」

パパ・グレゴリーは身を乗り出して、胸にミシェルの頭を抱きしめ、片手で髪をなでてくしゃくしゃにしてしまった。

「おまえなりにベストをつくしたじゃないか……お母さんがいてくれたら、こんなことにはけっしてならなかっただろう。あと、おまえが考えなきゃいけないことはただ一つ——それをすませたら、何もかも忘れていいんだよ」

「あと一つって……わからないわ」

パパ・グレゴリーはミシェルのあごを上げさせ、じっとグレーの目に見入った。

「ジョージさ。おまえにふさわしい男ではないが、説明を受ける権利はあるんだからね」

「とても、そんな勇気は出ないわ」

「何もいますぐじゃなくていいのさ、ミッキー。今日はパーティーだ。明日、説明しなさい」

「パパ？」

「何だね？」

「ハリーに嫌われてしまったの」

「おまえを嫌ってる？　どうしてそんなことを言うんだね？」

「家まで連れて帰ってくれた時、怒ってわたしの体を揺さぶって、どなりつけたのよ」

「頭にきただけさ、ミッキー、嫌ってるわけじゃないよ。何て言ったんだい？」

「言ったんじゃなくて、どなったのよ——ぼくはきみの兄貴じゃないって。殴られるかと思ったわ……やっぱり嫌いになったのよ。こんな妹なんかいらないと思ってるんだもの。だからわたし、とても……」

またもやどっと涙があふれる。パーティーのお客は何もなかったようにわきに寄って、ふたりきりにしてくれた。パパ・グレゴリーは静かに座ったまま、髪を優しくなでながら、ミシェルの涙がおさまるのを待っていた。やっと涙にぬれた顔を上げると、パパ・グレゴリーは微笑した。

「もちろんハリーだって、おまえを妹にしておきたくはないだろうよ。だからといって、おまえを嫌ってることにはならないさ。さあ、元気を出して。どなたか、ひとり娘に、シャンパンを持ってきてくださらんかな！」

9

土曜日の午後四時、ミシェルはパパ・グレゴリーの日課の散歩につき添っていた。つき添うというのは、パパ・グレゴリーの力強い右腕にしっかり抱かれて歩くことなのだが。

「本当は車椅子なんかいらないんだよ。昨日だけさ、あんなに人が来たから。それにアンが、車椅子を使うのは勇気がいるなんて言うものだから」

「それに、重要人物になった気分が味わえるからでしょう?」ミシェルはからかった。昨日はシャンパンのおかげで、誰かにベッドに寝かせてもらってお昼までぐっすり眠った。頭痛もなく、充分に休養し、ほっとして、若返ったように感じたくらいだ。

昼食はサラダだったが、ハリーは現れず、ミシェルには彼がどこに行ったのかきく勇気もなかった……。その時、アンが現れて、ミシェルの物思いを破った。

「あなたにお客さまよ、ミッキー」

「誰か知ってる人?」

「そう思うけど。結婚式にも来てたから。長身で金髪の美男子よ」

「あの……話したくないわ」

「話さなきゃいかんよ」パパ・グレゴリーがきっぱりと言った。「少なくとも、彼に説明する義務がある」

遠い山並みに雷雲が発生しはじめていた。パパ・グレゴリーの声には雷のように有無を言わせない響きがある。彼はミシェルの肩を抱いて優しく揺さぶった。

「わかったわ。何と言えばいいのかわからないけれど、でも……ジョージにはわたしをどなりつける権利があるわね」

アン・パーカーがつき添いを替わってくれた。ジョージはベランダの下まで下りて待っていて、ミシェルたちの話し声に気づいたらしい。

彼はいつものようにハンサムには見えなかった。髪は乱れ、シャツはしわが寄って、顔には奇妙な表情が浮かんでいた。

「話がある。ここじゃだめだ」ゆっくり近づいてくるパパ・グレゴリーと看護師を見やる。

「船着き場に行こう」

ミシェルが無言であとずさりしようとするのを、ジョージは強引に手を引いて湖へと向かった。

「ジョージ、お願い。手が痛いわ！」

「ぼくを傷つけたのに比べれば何でもない。ボートに乗れよ、ミシェル」

「乗りたくないわ」

ジョージはミシェルをにらみつけ、ぐいぐい押して船着き場から突き落とさんばかりだった。逆らっても無駄よ、とミシェルは自分に言い聞かせた。彼はふたりだけになってわたしをどなりつけたいのだろうけれど、そうする権利はあるんだもの。

ミシェルはジョージから離れて、ボートに乗りこむと、さっさとへさきに座った。ジョージはともに座り、ミシェルを引き寄せようともせず、船外モーターをかけた。

ボートは湖に出ると、小島に沿って北に進路を変えた。ミシェルはジョージを観察した。考えてみれば、求婚されていた三カ月間、こんなふうに観察したことはなかったと思う。

ジョージの頬は赤く、明らかにひげも剃っていない。特徴だった気取ったたくったくのなさも影をひそめている。わたし、夢を見てるんだわ。ハンサムなジョージはどこへ行ったの？　ハリーより平凡じゃないの！

わたし、どうかしてたんだわ。ジョージのことを、夫としてではなく、兄みたいに感じてたのね。いいえ、ジョージに必要なのは母親よ。もし、あのクレイジーな結婚式をおしまいまでやりとげていたら、わたし、母親役をさせられていたんだわ！

湖の真ん中で、ミシェルは真実を再発見した。いつもわかっていながら、自分から隠していた真実を。ジョージのことを兄みたいに感じていたのなら、ハリーへの感情は何なの？

雷雲から走った稲妻に心を貫かれたような気がした。ハリーは言ったわ、ぼくはきみの兄貴じゃないって！　パパ・グレゴリーも言ったわ、ハリーは妹はいらないって！

記憶の霧の奥から、母と十四歳の誕生日を迎えたばかりの自分とが浮かび上がった。人生は楽しさでいっぱいで、ふくらみはじめた胸に得意になっているミシェル・デヴリンを、母がおだやかにさとしている――あなたはほしいものすべてを手に入れるわけにはいかないのよ、ミッキー。ハリーはあなたの兄さんなの。そのことをけっして忘れないでね！

ミシェルは一度も忘れたことはなかった。夜、ベッドに入り、ハリーを兄として与えてくれた神に感謝しながらも、心から愛していることにおちつかない罪悪感を味わっていた歳月の間、一度も忘れたことはなかった。

でも、ハリーは兄さんじゃないんだわ！

ミシェルはこの発見に心が躍った。誰かに言わずにはいられない気持だが、まさかジョージに言うわけにいかない。

充分に湖畔から離れると、ジョージはモーターを切り、へさきにやってきて、向かい合った横木に座った。いよいよはじまるんだわ――ミシェルはののしりの言葉に対して身がまえた。だが攻撃は、覚悟していたのとは違っていた。

「きみは是が非でもぼくと結婚しなくちゃいけない――あさっての正午までに」

「それはできないわ、ジョージ。あなたを愛していないんだもの」

「結婚しなくちゃいけないんだよ。きみは自分が何をしているか、まるでわかっていない！」

「それは違うわ、ジョージ。生まれて初めてと言っていいくらい、自分が何をしているか、はっきりわかっています。あなたとは結婚できないわ」

「ばかだな。なぜできない？」

「理由はいくらでもあげられると思うけど、大切な理由はただ一つ――わたし、あなたを愛していないってことがわかったからよ」

「ちくしょう、だまされやしないぞ！　きみが自分の兄貴につきまとっているようすを、ぼくはずっと見てきたんだからな。兄貴だなんて、とんだお笑いぐささ！　やつのきみを見る目ときたら、誰だって心の中で裸にしてるのだとわかったさ。きみたちふたりはそんな仲だったのか？」

ミシェルの手が飛び、ジョージは顔をのけぞらせた。ジョージはミシェルを船底に引きずり下ろす。たまっていた水が彼女の背中をぬらした。

「ハリーのことをそんなふうに言う権利はあなたにはないわ」ミシェルはかっとなって、うなるように言った。ハリーの悪口を言われた時はいつもそうなるのだけれど。座りなおそうとすると、ジョージに手首をねじ上げられた。「放してよ、ジョージ」

ミシェルは放された手首をさすりながら、攻撃をつづけなくてはと思った。敵は大男で、わたしに大きな恨みを持ってるのよ！　すばやくあたりを見回す。湖畔へは一キロ半、チャマパン島へは五百メートル――泳ぐにはちょっと遠いけれど、絶対にむりな距離ではない。ジョージを防御にまわらせ、それがうまくいかなかったら、飛びこむのよ！

「木曜日にあなたの家に行ったのよ」ミシェルはさりげなく切り出した。「わたし、前からふしぎに思っていたわ。どうして家に来ちゃいけないってあなたが言いはるのか」

「それがどうした？」

「あなたって、ずいぶんだらしない暮らし方をしてるのね」

「それじゃ、ぼくがだらしなくしてるから、結婚しないって言うつもりなのか？」

「とんでもない。ただ、どんなふうに暮らしてるのか、ふしぎに思っただけよ。あなたと〝従妹（いとこ）〟のヴェロニカが、寝室が一つしかない家に、どうやって住んでいたのか。ベッドも一つなのよ」

「ぼくは階下（した）の寝椅子で寝てたのさ」

「よしてちょうだい。階下には寝椅子なんかなかったわ。ベッドに枕（まくら）は二つ、くぼみも二つついていたわね。そうなると、ヴェロニカとはどういう関係なの？」

「話したじゃないか、従妹だって」

「すごく遠縁のね」

「それがきみに何のかかわりがある？　きみとぼくとは、結婚してやしないんだぞ」

「そうかもしれないわね、ジョージ。でも、あなたとヴェロニカはどうなの？」

ジョージは真っ赤になり、顔がふくれ上がったように見えた――怒りといらだちと、たぶん恐怖のせいで。

「彼女はぼくの前の妻さ」彼はほえるように言った。「それがどうした？　犯罪だとでも言うつもりか？　ぼくはもう結婚してはいない。それが重要な点なんだから」

「そのとおりね」ミシェルも切り返した。「あなたはもう結婚してはいない。そして、結婚することもないでしょうよ――わたしとはね！」

ジョージが手を引っこめた。ミシェルは彼との間に距離を置くのが賢明だと考えてぱっと立ち上がり、ゴムボートの底で足を滑らせて水に落ちそうになった。ジョージの力強い腕が危うく抱き止める。

だが救ってくれたとは言えない。彼はミシェルの腰をつかまえて、ともまで引きずっていき、自分の前に投げ出した。もう一度逃げようとしたミシェルの腕を、ジョージは背中にねじ上げて座らせた。

ミシェルはあらがいつづけたものの、身をよじるたびに痛みは増すばかりだった。ようやく力ずくではどうにもならないとわかって、全身の力を抜いた。ジョージは片手でミシェルの腕をねじ上げたまま、もう一方の手でモーターをかけた。

雷雲が山脈から湖に向かってぐんぐん近づいてくる。ミシェルは危険を知りつくしていたから、パニックに襲われて叫んだ。

「岸につけて!」

雷をともなう嵐のさなかに湖にいたら、稲妻に打たれる可能性が高いことぐらい、湖畔に住んでいれば誰でも知っている。恐れは伝わったらしく、ジョージもゴムボートのへさきをいちばん近い小島に向けた。チャマパン島である。

この島なら、昔、パパ・グレゴリーが建てたつり小屋があるはずだ。ボートを引き上げ、森にかけこむのと、巨大な雷が岸辺の三十メートルもある松の大木を根もとまで真っ二つに裂くのと同時だった。

「この島の近くでラッキーだったわね」ミシェルは走りながら、息をはずませて言った。

ジョージがどなり返す。

「運じゃない。最初からここに来るつもりでいたんだから」

落雷につづいて豪雨が襲いかかり、道の土をうがつ。パニックはふたりに反対の反応を呼び起こした。ジョージは何かわめきながら狂ったように走り、ミシェルはしだいに気力を取り戻した。

丸太小屋にはもともと鍵などかかっていない。ジョージに押されてミシェルは小屋に転がりこみ、危うくストーブに頭をぶつけそうになった。あえぎながら上体を起こす。

ジョージはドアを閉めてもたれたまま、むせび泣きに体を震わせている。ミシェルはストーブにすがって立ち上がり、顔にかかった髪をまとめてしぼると、後ろにたばねてポケットから出したひもで縛った。

ジョージもこんなに混乱しているのなら、危害を加えることもあるまい。つぎに何をすべきか心の決まらないまま、ミシェルは小屋の奥の造りつけのベッドに腰を下ろした。しだいにすすり泣きもおさまり、ジョージはミシェルのほうに向きなおった。嵐と興奮の発作が堂々とした見かけを押し流し、まるで空っぽの貝がらのようだ。

嵐はさらに二回、落雷を見舞うと、すばやく南へ移動していった。小屋の外は木々から滴るしずくの音に満ち、嵐の中心は去ったものの、雨はまだ降りつづいていた。

ミシェルはジョージが何か言うか、行動に移るのを待った。だが男のくせに、ジョージは立ったまま震えているばかりだ。ミシェルは戸口に出て、外のようすを見た。孤立してしまったけれど、差しせまった危険はない。

「この嵐がおさまるまで帰れないわね。火をおこさなきゃ」

ジョージは薪を運ぼうとしたが取り落としてしまい、ミシェルが交替した。つり小屋は嵐に襲われた人たちの避難小屋も兼ねていたから、薪とマッチの用意はいつもしてあった。ストーブの上の棚には食べ物の缶詰もいくつかある。紙と小枝はベッドの下にしまってあった。

十分後にはストーブが音をたて、熱気が循環をはじめた。ジョージはミシェルを押しのけ、暖をとった。ミシェルは肩をすくめ、ただ一つの窓に歩み寄った。

下り坂の小道がボートを引き上げたところまでつづき、飛ぶ雲のすき間から時おり月がのぞく。雨はやんだ。協力してくれるよう、ジョージに上手に話さなくては。

「嵐は去ったわ。帰り支度にかかったほうがいいわね。皆が心配してるでしょう」

ジョージが振り返った。唇の右端がぴくぴくと震えた。

「ぼくらは帰らないんだ」

「帰らないですって？　でも……」

「黙れったら。きみは昨日、チャンスをつかまえたわけだ。今度はぼくが、どうするか決定する番だぞ。ぼくらは明日まで帰らない。ひょっとしてあさってもだ」

「いったい何を考えてるの、ジョージ・アームスティッド！」

「本当にわからないのか？」ジョージは皮肉に笑った。平静を取り戻すと、びしょぬれでもやはりハンサムだ。ミシェルは指で髪をとかしているのに、ジョージはポケットからくしを取り出して髪をなでつけにかかった。ミシェルはがっくりきてベッドに腰を下ろした。

「この大計画について話してくれたほうがいいんじゃないかと思うけど……あなたがここまでするのは、何も祭壇に置き去りにされたせいじゃないわね。わたしに求婚しながら前の奥さんと遊び歩いてた人だもの。デヴリンの財宝が目当てだって、兄が……いえ、ハリーが言ってたけど、そんなのお笑いぐさよ！」

「いったいどういう意味なんだ?」ジョージはさっとミシェルの前に立ちはだかると、乱暴に肩をつかみ、怒った顔を猛禽のように突き出した。

「もしそれが目当てなら、収穫はゼロってことよ。デヴリンの財宝は四十年もつづいた嘘なの、祖父は破産して亡くなったんですからね!」

「破産して亡くなったって?」声に苦悩がにじんでいる。「ちくしょう、ミシェル!」

わたし、変なことが習慣になりかけてるみたい——ミシェルはぼうっとしながら考えた。誰もがミシェル・デヴリンの体を揺さぶるなんて!

「やめてよ、ジョージ!」ミシェルの口から出たとは信じられないような大声だった。ジョージはびっくりして手を離し、一歩あとずさりした。

「まあいい、もう一つある。連中も待ってくれるだろう」

「もう一つって何?」

「きみが父親から相続する五十万ドルさ……おい、何で笑うんだ?」

「それじゃ、そのせいで、ヴェロニカがオールバニーから消えたのね? あなたたちふたりは、わたしのほうがハリーよりいいかもだと結論を出したわけ? わたしがヴェロニカに話したのは正午だけど、彼女はいつあなたに電話で連絡したの?」

「一時間ぐらいしてから……人の話をはぐらかすな!」

「どうしたの、ジョージ? どうしていいかわからなくなったんじゃない? ここの人が誰でも知ってることぐらい、あなたにもわかってるはずよ――あなたにはこんな計画を立てる頭はない、だから、いつだって裏にはヴェロニカがいる」

「だからって何も変わらないじゃないか。ぼくら、どうせ、手に入れたものは山分けにするつもりでいるんだから」

「あなたならそうするでしょうよ」ミシェルは何とか声をあげて短く笑った。ジョージは赤くなった。「ヴェロニカが手に入れたものを正直に分けてくれるとでも思うの、ジョージ？　それで、あなたたち、わたしをどうする計画だったの？」

矢は二本、立てつづけに痛いところを突いたらしい。「黙れ」ジョージがまた迫ってくる。まるで蜜蜂の巣に鼻を突っこんで、いままさに手を伸ばそうとしている熊そっくりだった。危険に感づいて、ミシェルは小屋の真ん中に置いてあるテーブルの向こうにまわりこんだ。「黙れったら」

「それで、わたしをひと晩じゅうここに閉じこめておいて、何の役に立つと思ってるの？」

ジョージは足を止めた。目に希望の光が宿る。

「ミッキー、ぼくらは友だちだった。また友だちに戻れるとも。きみは今度のことがどんなにひどい仕打ちか知らないものだから……」

「だったら話して」

ミシェルはそっと一歩、小屋の戸口に向かってあとずさりした。

「ぼくは金を手に入れたんじゃなくて、ニューヨークのグループから借りたんだよ……ある担保を入れてね」

「先の日付になってる、わたしの委任状ね、ジョージ？　どんなグループから借りたの？　いくつかの銀行から？」

「そうじゃない……ローン関係のグループなんだ」

「それであなた、お金を持ち逃げしたの？」

「とんでもない。ぼくだってそれほどばかじゃないさ。ぼくは金を受け取り……き、きみが逃げた」

「あなたがわたしと結婚することになっていたから、お金を貸してくれたっていうの？　そんなこと、ありえないわ！」

「いや、あるんだ。連中はきわめて有利な投資だと見て、喜んで結婚式がすんでから清算することにしてくれたんだから」

「清算するって、このわたしを？」

「何を言うんだ、ミッキー、きみには何も起こりゃしないよ！　とんでもない、ぼくはきみを愛しているのに」

「そうでしょうとも。あなたはただ、わたしの相続財産のほうを、ほんのちょっぴりよけいに愛していただけなんだわ。わたしをわざとここに連れてきたって言ってたわね。どういうわけ?」

「きみの父親が古風な男だと知ってるからさ。ぼくらがこんなふうに、ふたりっきりで一夜を過ごせば、彼は結婚を迫る——それで万事オーケーとなるはずだった」

「でも、いまは違うの?」

「きみは知りすぎてしまったからな。すべてが明るみに出る前に、結婚してしまうつもりでいたんだが」

「がっかりすることないわよ、ジョージ。たとえ予定どおりに運んでいたとしても、あなたは破産してたもの。もともと、わたしには相続財産なんかないんですからね」

ジョージは、はじかれたように顔を上げた。彼が自分の言ったことを理解するのを待って、ミシェルはあとをつづけた。

「わたしはバターワース家の人間じゃないの。パパ・グレゴリーはわたしの本当の父じゃないし、ハリーだってわたしの兄じゃないわ」ジョージががたがた震えだすのを見て、ミシェルはとどめを刺した。「だから、バターワース家の財産は一セントも相続しないの。ヴェロニカに話したのは、脅かして追い払うための嘘。ヴェロニカは最初のねらいどおりしなくちゃいけなかったのよ——ハリーは多額の財産の持ち主ですもの!」

ミシェルは再び、自分の言葉を彼がちゃんと理解するのを待った。いい気分だわ、ハリーはわたしの兄じゃないって言えるのは。

服が乾くのと同じようにすぐに、ミシェルの自信も回復してきた。だが、あまりにも得意になりすぎて、すきをつくってしまった。

打ちのめされたジョージは反射的に復讐に出て、テーブルを押しのけて突進してくると、骨も折れよとばかりにミシェルを抱きしめた。

ミシェルは抵抗した。ジョージの脚を蹴り、片手の自由を取り戻すと、彼の顔を引っかく。ジョージは思いきりミシェルの左の頬を打った。

ミシェルは気が遠くなりかけ、ジョージの腕の中でぐったりとなった。その時、小屋のドアが開いて、聞き慣れた声が言った。

「おじゃまかな？」

10

ジョージはすべての点でハリーより大男なのに、ハリーは気にもしていないようだった。ミシェルを抱きしめているジョージの喉もとを締め上げ、簡単にふたりを引き離した。

ミシェルは片隅に小さくなって、なるべく目だたないようにした。ふたりの男は部屋の真ん中で鼻を突き合わせていて、ミシェルのほうは見ようともしなかった。

「女の子をいじめるのが好きなんだな」ハリーはふだんの口調で言って手を下ろした。

ジョージは何やらわめいて右のフックを見舞おうとする。ハリーは足も動かさず、上体をかがめてフックをやり過ごした。

「いきなりは汚いぞ」ハリーは少し後ろに下がる。ミシェルが金切り声をあげた。

「ハリー、気をつけて！」

ハリーがちらとミシェルを見やる。そのすきを見てジョージが右のパンチをくり出した。ハリーが軽くよけてジョージの手首をひねったかと思うと、ジョージは宙を飛んで反対側の隅にほうり出され、したたか頭を打って気絶してしまった。

ハリーはちょっと彼のようすを見守ってから、服のほこりを払いながらミシェルに歩み寄った。ミシェルはびっくりして壁に張りついた。いままで知らなかったハリーの一面を見たからだ。

「ジョージをのしちゃって！」

「そうらしいな。それよりきみは？」

「わたしなら、だいじょうぶ」

本当は怖かったけれど、そんな気持はできるだけ隠すのが、子供のころからのくせだった。ハリーはミシェルの前にひざをついた。

「どれぐらいだいじょうぶなのか、ぼくにはわかるんだぞ。昔、きみを湖から引き上げた時と同じくらいだな。あの時も、きみはだいじょうぶと言ったと思うが」

「あの時は一週間入院しただけよ」

「けんかを売らないのか？」

「いいえ、あなたとはよすわ、ハリー。あの……わたし、本当は、全然だいじょうぶじゃないの！」

ミシェルはぱっと顔をそむけて、頬に流れる涙を隠そうとした。だが、ハリーは委細かまわず、ミシェルを抱き上げてベッドに運んで横たえた。

「そうだろうな。目の縁にあざをつくるはずだよ、ミッキー。きみのお母さんは、こんなゲームをしちゃいけないと教えなかったのか?」

「からかわないで、ハリー」

「そんなことはしないさ」ハリーはベッドに腰かけ、ミシェルの手首をなでた。「きみがつらい思いをしたことはわかってるよ、ミッキー。でも、もうすんだことだ」

ハリーの肩ごしに動くものを見て、ミシェルは悲鳴をあげた。その時にはもうハリーは立ち上がって身がまえていた。ジョージが意識を取り戻し、小屋にあったただ一つの椅子を手に、襲いかかろうとしている。

「見るんじゃないぞ、ミッキー。やつはまた、荒っぽい遊びをしたいらしい」

ミシェルは目をつぶって祈った。ぎょっとするような、ものがぶつかる音。乱れた足音。またぶつかる音。ドアが開いたらしく微風が吹きこむ……小屋のドアがばたんと閉まり、また暖かくなった。

「おやおや、すっかり弱虫になっちまったな」

その声には皮肉な棘はなく、聞いているだけで心が休まる。冷たい手がミシェルの額に触れ、乱れ髪を払いのけた。ミシェルはそっと片目を開けた。

ハリーがまぶたにキスする。ミシェルはまぶたを震わせ、もう一方の目も開けた。視野いっぱいにハリーの顔が飛びこんできた。たくましい顔には傷跡一つない。いつもより呼吸が荒く、茶色の髪が額に垂れているけれど、茶色の目はきらめいていた。

「ジョージは?」ミシェルはしわがれた声でたずねた。ハリーは上体を起こして笑った。

「ジョージは家に帰ることにしたよ。別の婚約とか、そんなふうなことを言ってたが、ぼくはよく聞いてなかった。きみにこれを返してくれってさ」

ハリーはポケットからしわくちゃの紙切れを取り出してミシェルに見せた。ミシェルのサインのある委任状だった。ハリーは首を振り、舌打ちして、書類をストーブにほうりこんだ。

「危険なことだぞ、サインして自分の生活をゆだねてしまうなんて!」

「あなたこそ、殺されてたかもしれないのよ!」ミシェルはそのことのほうに腹が立った。

「ジョージのほうがはるかに大きいんだもの、わたし……」

「心配なら、ぼくのほうが倍もしたさ。自分が何をしているかわかっていたら、絶対にあんなことはしやしなかった」

ミシェルもベッドに上体を起こし、ハリーを抱きしめた。

「黙ってよ、ばかね。わたし、また泣きたくなるじゃないの!」

「きみが泣きたくなるようなことはしないさ、そうだろう?」

ハリーの抱擁を、こんなにも温かく、優しく感じたことはない。ハリーはそっと揺すってくれる。慰められておちつくと、ミシェルはハリーの腕から抜け出して立ち上がった。

「ほらね、わたし、もうだいじょうぶ」

爪先立ちでまわってみせようとして、ヒールを床の割れ目に引っかけ、ミシェルはハリーの腕に倒れこんだ。

「ミッキー、きみには本当に保護者がいるな」

「わたしもそんな気がしてきたわ。新聞に広告を出して募集しようかしら?」ミシェルは抱かれたまま上体をそらしてハリーの顔をじっと見つめた。「でも、一つだけわかったことがあるのよ」

「何だい?」

「わたし、あなたの妹じゃないってこと」

「ありがたい」大きなため息がつづく。「この八年間は地獄の思いだったからな!」ハリーはミシェルをわきにどかすと、椅子を起こし、テーブルは脚が一本もげてしまったので、ベッドに片隅をのせて立たせた。どういう意味かしら、地獄の思いの八年間て?

「ねえきみ、何か食べよう。ぼくは腹ぺこだよ」

「女の仕事だって言いたいの? どうして家に帰って、ちゃんとした食事をしないの?」ハリーははっと気づいた表情をしてみせたが、演技過剰なので、ミシェルにはすぐわかった。

「何のつもり?」

「ジョージがボートを盗んだんじゃないかな」ハリーはにやりと笑って答える。「腕の具合が悪いらしくて、ぼくは止めようとしたんだが、逃げちまった。どうしようか？」

「ハリー・バターワース！」ミシェルは地団太を踏んだ。「それじゃ大きなほうのボートは……」

よしなさい。ミシェルは自分にそう言って聞かせると、表情を読まれないように背中を向けた。これがハリーじゃないの。いつだって手品の種を隠しているんだから。かっとしたら負けよ！　ミシェルは深呼吸をして二十数え、また向きなおった。

「ハリー、わたしの居所がどうしてわかったの？」

「胃が空っぽだって言ってるのに、話をさせるつもりかい？」

「わかったわよ」ミシェルは食料の置いてある棚に歩み寄った。「フランクフルト入りの豆、豆入りのフランクフルト、豆だけ、それに、ほうれんそうの缶詰があるようね」

「きみにまかせるよ」ハリーは笑った。

ミシェルは手当たりしだいに缶詰をつかんだ――豆と豆。棚の下には缶切りと鍋が一つ、かけてあった。

「わたしが用意している間、話してちょうだい。昔から女の仕事に終わりはないっていうから」

「それは女はおしゃべりだから、仕事が片づかないって諺さ」ハリーはベッドに、王さまのようにふんぞり返った。

「いつまでも結婚できないのもむりないわね。靴を毛布にのっけちゃだめ！　さあ、わたしの居所がどうしてわかったの？」

「おやじが知ってたのさ。ぼくが家に帰った時には、きみとジョージの姿は消えてたもの」

「それですぐあとを追ったの？」

「すぐとは言えないな。豆を焦がすなよ、ぼくは焦げた食べ物は嫌いなんだ……そう、ちょっとぐずぐずしてたら、あの嵐だ。きみだって、ぼくが湖を漕いで渡って、風邪をひいて死ぬのを見たくはないだろう？」

ミシェルは鍋をストーブの上に音高く置いて、ハリーに歩み寄った。

「つまり、わたしがどっぷり首まで危険につかってるのに、あなたは嵐が通り過ぎるのを待ってたってわけ？　何て悪党なの！」

ミシェルはさっと両手を伸ばすと、ハリーの弱点である腋の下をくすぐった。ハリーはどうにももがまんできなくなってひと声叫ぶと、身をよじって広いベッドの奥に逃げこんだ。

ミシェルはベッドに片ひざをついて、つぎの襲撃のかまえに入った。

ハリーがさっとミシェルの手首をつかんで引っぱる。ミシェルはどしんとハリーの上に倒れこんだ。笑いが消え、ふたりは近々と顔を寄せて横たわっていた。

ミシェルのみごとな赤毛が垂れて、ハリーの顔を縁取る。ハリーが両手でミシェルの顔をはさんだ。目もくらむような一瞬、ミシェルはついに夢の中の男の顔を見つけた。唇が触れ合うと、もう受け身ではいられなくなって、ハリーと一つに溶け合おうとでもするように体を押しつけた。

ハリーはゆっくりとミシェルの顔を引き寄せた。ミシェルは抵抗しなかった。唇が触れ合うと、もう受け身ではいられなくなって、ハリーと一つに溶け合おうとでもするように体を押しつけた。

遠くから悲しげな声が聞こえるような気がしたが、ミシェルは無視した。激しい口づけのしびれるような痛み……だが、キスをはじめた時と同じように、不意にハリーはミシェルを押し戻した。

「きみの兄貴じゃなくてよかった……」

ミシェルはハリーを見下ろした。ハリーは目を大きく見開いていて、彼女はそこに自分の姿が映っているのがわかった。優しいすてきな目、たくましくてすてきなハリー、あんまりすてきで……ほとんどハンサムに見えてくるほどだ。

「ハリー?」

「うん?」

「いまの、よくなかった?」

「とっても気に入ったよ」

「どういう意味なの、ハリー、地獄の思いの八年間て?」

「きみのお母さんは最高にすてきで、最高に鋭い女性だった。ぼく自身の母のことは覚えていないんだが。お母さんをだませる人間なんてひとりもいない。きみが十三歳で、ぼくが二十一歳のころのこと、覚えているかい?」

ミシェルは何のことかわからないながら、うなずいた。

「きみはいずれ美人になるとわかる少女で、ぼくは自由こそ最高だと信じている大学生だった。きみのお母さんはぼくにストップをかけたんだよ。しかりつけたと言うべきかな。ぼくの耳をつかんで家から引っぱり出すと、こう言ったものさ——ミッキーに恋人は必要ないのよ、ハリー・バターワース。必要なのは兄さんなの! まったくこのとおりの言葉で言ったんだ。一生、忘れはしないだろうな。あの子が大人になって、自分で相手を選べるようになったら、あなたたちの関係を考えなおしてもいいけれどって」

「わたしの母が?」

「きみのお母さんがさ。それでも二年ほどは、きみのキュートな体がほしくてたまらなかった。それから、ただひたすら兄貴になろうと決心したのさ——きみが十八歳になるまではね」

「ほしかったたって? まさか……」

「ほしかったのさ。そしてきみが十八歳に……何てことだ、豆が焦げてるぞ!」

ハリーに揺さぶられてミシェルはベッドから転がり下り、危ういところで鍋を救い出した。テーブルの上に鍋を置くと、やけどをしかけた指をふうふう吹きながら、つり小屋の中を跳びはねた。

「笑ったら許さないから」

「絶対に笑いやしないって」

いつものことながら、後悔しているような純真さを装った、まやかしの口調だった。彼はさっとベッドから下りて、ミシェルをつかまえた。ミシェルはハリーに笑いかけてから、鍋をのぞいた。

「ひどいことになってるわ。どうして家に帰らないの？」

「ボートはとられたって話しただろう？」

ミシェルは背伸びして、ハリーのあごにキスした。「かつごうとしたってだめよ。ここまで泳いできたわけじゃないでしょう？　嵐が静まるまで待っていたってところで話を打ちきったこと、ちゃんと気がついているんですからね。何て臆病な話でしょう。わたしにはすぐにも助けがいるとは思わなかったの？」

「きみの能力を信頼してたからね」ハリーは声をあげて笑った。「きみのことだ、八時ごろにはジョージにかんかんに腹を立て、九時半ごろまでにこてんこてんにやっつけるだろうと思っていたさ」

「じらすのはやめて。それで、どうやって来たの？」

「カヌーでさ。しばらく待つことにしようかと船着き場に立って迷っていると、チャマパン島に明かりが見えるじゃないか。すぐさま、きみがトラブルに巻きこまれたとわかって、カヌーに飛び乗ると先住民みたいに漕ぎに漕いで、助けにかけつけたってわけさ。ぼくにしては上出来だろう?」

ミシェルはつい吹き出してしまい、ハリーの胸に頭をもたせかけた。あなたを愛してるわ、ハリー・バターワース。十四歳の時から、ずっと愛してるのよ。

「だから、幼い恋なんかじゃなかったの」ミシェルはあわてて口を押さえた。口に出すつもりはなかったのに。

「何だって?」

「そう、上出来だったわって言ったのよ。でも、危ないところだったわ。このつぎは、あんまりぐずぐずしないでね」

「ああ、約束するよ。これが約束のしるしさ」

ハリーはミシェルを放すと、唇で顔のあらゆる部分を愛撫した。ミシェルは爪先立って顔を仰向け、ハリーの愛撫を受けた。

頭がぼうっとなってきた時、またハリーがミシェルを押しのけた。今度は、前よりも自分を取り戻すのに時間がかかった。ミシェルは背中を向けた。

「だから、わかっただろう、ぼくらは家に帰れないってことが」

ミシェルはぱっと向きなおった。

「ちっともわからないわ、ハリー。カヌーがあって、嵐が去って……この豆は見れば見るほど食欲をそそらないのに、なぜぐずぐずしてるの？」

日焼けしているからよくわからないけれど、ハリーは赤くなったみたいだ。少なくとも、目をそらした。用心なさい、ハリーはいままで聞いたこともないほどの大ぼらを吹くつもりよ！

「いいかい」彼はミシェルの腰を抱いてストーブに歩み寄りながら言った。「ジョージ・アームスティッドもすべて思い違いをしてたわけじゃないんだ……」

「まああきれた、あなたがそんなことを言うなんて！　何について正しかったと言うつもり？」

「おやじさ。きみがここで男性と一夜を過ごしたと知ったら、おやじはまちがいなくショットガンを手にして、牧師を呼びにやるだろうね」

「でも……よくわからないわ。今夜、帰りたくないってこと？　それはつまり……」

「きみを愛していて、結婚したいと思っているかときききたいのか？　もう何年も、きみを正式にバターワース家の人間にしなかったことを後悔していて、いまぼくは誤りを正すチャンスをつかんでいるってことさ。いったい何だって泣くんだ？」

「わたしを愛してるの？」

「そんなにありえないことか？」

「ハリー……わたしにはわからないわ。しゃれた言いまわしから真実をさぐり当てるのは難しいもの。わたしの名前をバターワースに変えるだけのために、結婚したいの?」

「だって、ぼくは相変わらずきみの体をねらっていて、飛びかかりたいんだって言うよりは、はるかにましだろう?」

「まあ、そうね。でもやっぱり……愛し、大事にするとかいうせりふもあるんじゃない? 女の子って、そういう言葉を聞きたいものなのよ」

「うん、そうかもしれない……法学部は、ストレートにこう言うすべを教えてはくれなかったからな——ぼくはきみを愛してるよ、ミッキー。だから、一生をきみと分かち合いたい。おちついて子供をつくり……気分が悪くなるほど凡庸なせりふだが、でも真実なんだ。ぼくはきみが十八歳になった時からずっと愛してきた——すぐかんしゃくを起こすことや、とんでもない企み好きなことや、人にああしろこうしろと言うくせにもかかわらず、さ。

それからずっと、ぼくは絶好のチャンスを待って、結婚しようと言うつもりだった。逆らっても無駄だとわかっていた——きみなしで一生を過ごすことなんかとてもできないし、むろん、妹としてでもだめだ。そこで家に帰ってみると、きみはあの……弱虫と婚約したって言うじゃないか。こともあろうに、結婚式では、きみをやつに引き渡す役を買って出たりして! きみたちふたりを殺して、自分も死んでしまいたかった。ぼくはむかむかしながら、ジョージが待ち受けている祭壇に向かって、きみにつき添っていったんだぞ。すんでのところで、きみを肩にかついで、さらっていくところだった」

「そうしてくれればよかったのに」

「よく言うよ」ハリーはにやりと笑った。「教会でぼくは狂ったように祈ったものさ——きみが分別を取り戻しますようにって。だから、そのあとは、ぼくは叫び出したくなるほど幸福だった！　信じてくれるかい？」

「わたしがあなたを信じなかったこと、あって？　あなたがあの約束をした時は別だけど……ひどいわ、ハリー、またわたしをかついだのね！　わたし、約束してって頼んだのよ——パパ・グレゴリーがわたしの結婚を認めるように手を貸してって！　ひどい悪党ね！」

「誓って、そのつもりでいたよ。パパ・グレゴリーはぼくらが結婚すると聞いたら夢中になるさ。実のところ、おやじがぼくを呼び返した理由の一つはそれなんだからね——求婚競争で一着になるつもりなら、そろそろ行動に移ったほうがいいって。それじゃ、豆を食べるか？」

「わたし、話をしてたほうが……ああ、ハリー！」ミシェルはハリーに全身をあずけた。

三十分後、豆は焦げたうえに冷たくなっていた。いま一度、ハリーはミシェルを快楽の旅路へと連れ出し、最後の瞬間に引き返した。ミシェルは満たされないまま、恨めしそうに言った。

「どうしたの？　わたしのやり方がよくなかったの？」

「何もかもよかったさ。でも、急ぎすぎる。いいかい、小さな娘は……」

「わたし、子供じゃないわ！」

「見ればわかるさ。じっとしてろ……おやじのお得意のせりふを思い出すな――若い娘はボタンで人生をコントロールする。自分の体を温めたければボタンをはめるし、いっしょにいる男の体を温めたければボタンをはずす」

「からかうのはやめて、ハリー。でないと泣きたくなっちゃうわ」

「それだけはやめてくれ。いまは幸せな時のはずだろう？」

「もっと幸せになれるのに、あなたがこんなに……あなたとわたしが結婚したら、村の人たちは何て言うかしら？　わたし、うっかりして、考えてもみなかったわ！」

「おや、もう二の足を踏んでるのか？」

「とんでもない。十四歳の時からあなたを愛していたんだから、ずっと二の足を踏んできたんだから……あのね、ハリー」

「何だい？」

「男が一家の主(あるじ)であるべきだと信じてる？」

「おやおや、何だいそれは。口頭試問かい？」

「違うわよ。ただ答えて。そうなの？」

「まあ、そうだな。だから腹が立つのかい？」

「そうじゃないの。よく聞いて。あなたは一家の主で、そのあなたが、わたしたちは結婚するって言ってるの。そうね？」

「そうさ」

ひどく慎重な答え方だった。どこにも罠が隠されていないかどうか、たしかめるように。

「そうなると、わたしたち、実際は結婚したも同じね。そうでしょう？」

「そうだな……」ハリーはあごをなで、ミシェルの何か企んでいるような表情に気づいた。

「よせよ、きみ、その手には引っかからないぞ。どんな企みにしろ、無駄さ。やめておくんだな」

「わたし、何も企んでやしないわよ。ただね、あなたが責任者なんだし、わたしたちは結婚したも同然なんだから、何一つ心配することはないわけよ――たとえベッドをともにしても。そうは思わない？」

ミシェルはあの夢の結末がどうなるのか知りたくて、とても待ちきれなかった。ハリーは別にショックを受けたようすもなく、くすくす笑った。

「思わないね、おちびさん。ぼくらはきみの名誉を守るために何か手を打たなくちゃならない――長い婚約期間を置いて、皆が来るべきものに慣れるように仕向けるとか。それに、ぼくも二、三、片づけておかなきゃいけないことがあるんだよ。仕事の場をボストンからオールバニーに移すつもりなんだ。おやじといっしょに住みたいからね。おやじには話し相手がいるし……」

「孫だって必要よ。わたしたちが急いでつくりさえすれば……」

「急ぐつもりはない！」

「かしこまりました」

「それじゃ、少し眠ろう。きみはベッドで、ぼくは床だ」

「いやよ」

「いやだって？」

「そう、いやなの。今夜、何事も起きないなら、わたしは家に帰りたいわ。カヌーがあって、ちっとも急ぐことはないんだから、あなたの好きなだけのろのろ漕いでかまわないのよ。それでわたしもちゃんとした食事ができるし、自分のベッドで眠れるんですもの」

「らばのように強情だな。ぼくがどんな夜を過ごしたか、考えてみろよ。まずここまではるばるカヌーを漕いで渡って、きみの怪物みたいなボーイフレンドと戦い、〝ぼくはきみの兄貴じゃない〟から〝めでたしめでたし〟までの迷路を通り抜け、そのあげくきみに家まで漕いで帰れって言われてるんだぞ」

「そのとおりよ。わたしがはっきり言えば、あなたもちゃんとわかるじゃないの。そうでしょう?」

湖にカヌーを出したあとも、ハリーはまだぶつぶつこぼしていた。ともに座って漕ぐハリーのひざに頭をのせて、ミシェルは横たわり、長い婚約期間中にどうやってハリーを誘惑するか、計略をめぐらした。

「ハリー、長い婚約のことだけど、どれぐらいの期間を置くつもり?」

「今日は土曜日だから……そうだな、火曜日まででどうだ?」

「火曜日ですって?」それじゃ誘惑してる暇がほとんどないじゃないの! ミシェルは快い期待に震えながら言った。「ハリー、もっと早く漕いでちょうだい!」

●本書は、1989年5月に小社より刊行された作品を文庫化したものです。

恋愛後見人
2023年11月15日発行　第1刷

著　　者／エマ・ゴールドリック
訳　　者／富田美智子（とみた　みちこ）
発 行 人／鈴木幸辰
発 行 所／株式会社ハーパーコリンズ・ジャパン
東京都千代田区大手町1-5-1
電話／03-6269-2883（営業）
0570-008091（読者サービス係）
印刷・製本／中央精版印刷株式会社
表紙写真／© Andersonrise | Dreamstime.com

ISBN978-4-596-52896-4

10月27日発売

ハーレクイン・シリーズ 11月5日刊

ハーレクイン・ロマンス

愛の激しさを知る

路地裏で拾われたプリンセス	ロレイン・ホール／中野　恵 訳
捨てられた花嫁の究極の献身 《純潔のシンデレラ》	ダニー・コリンズ／久保奈緒実 訳
一夜の夢が覚めたとき 《伝説の名作選》	マヤ・バンクス／庭植奈穂子 訳
街角のシンデレラ 《伝説の名作選》	リン・グレアム／萩原ちさと 訳

ハーレクイン・イマージュ

ピュアな思いに満たされる

シンデレラの十六年の秘密	ソフィー・ペンブローク／川合りりこ 訳
薔薇色の明日 《至福の名作選》	レベッカ・ウインターズ／有森ジュン 訳

ハーレクイン・マスターピース

世界に愛された作家たち
～永久不滅の銘作コレクション～

目覚めたら恋人同士 《特選ペニー・ジョーダン》	ペニー・ジョーダン／雨宮朱里 訳

ハーレクイン・ヒストリカル・スペシャル

華やかなりし時代へ誘う

侯爵と雨の淑女と秘密の子	ダイアン・ガストン／藤倉詩音 訳
伯爵夫人の出自	ニコラ・コーニック／田中淑子 訳

ハーレクイン・プレゼンツ作家シリーズ別冊

魅惑のテーマが光る極上セレクション

愛は一夜だけ	キム・ローレンス／山本翔子 訳

11月10日発売

ハーレクイン・シリーズ 11月20日刊

ハーレクイン・ロマンス

愛の激しさを知る

王の血を引くギリシア富豪 シャロン・ケンドリック／上田なつき 訳

籠の鳥は聖夜に愛され ナタリー・アンダーソン／松島なお子 訳
《純潔のシンデレラ》

聖なる夜に降る雪は… キャロル・モーティマー／佐藤利恵 訳
《伝説の名作選》

未来なき情熱 キャサリン・スペンサー／森島小百合 訳
《伝説の名作選》

ハーレクイン・イマージュ

ピュアな思いに満たされる

あなたと私の双子の天使 タラ・T・クイン／神鳥奈穂子 訳

ナニーと聖夜の贈り物 アリスン・ロバーツ／堺谷ますみ 訳
《至福の名作選》

ハーレクイン・マスターピース

世界に愛された作家たち
～永久不滅の銘作コレクション～

せつないプレゼント ベティ・ニールズ／和香ちか子 訳
《ベティ・ニールズ・コレクション》

ハーレクイン・プレゼンツ作家シリーズ別冊

冷たい求婚者 キム・ローレンス／漆原　麗 訳

ハーレクイン・スペシャル・アンソロジー

小さな愛のドラマを花束にして…

疎遠の妻から永遠の妻へ リンダ・ハワード他／小林令子他 訳
《スター作家傑作選》